双葉文庫

大富豪同心

走れ銀八

幡大介

目次

走れ銀八　大富豪同心

この作品は双葉文庫のために書き下ろされました。

第一章　夏の夜の惨劇

一

雷光《らいこう》が夜空を切り裂いて走る。江戸の町は一瞬だけ、真昼のように明るくなった。

青白い光に照らされた町並みは、すぐに濃密な闇に包まれた。雨雲に覆われ、月明かりのない夜。一面が真の闇だ。八百《はっぴゃく》八《や》町《ちょう》の路地は墨を流したように暗い。

大粒の雨が叩きつけるようにして降っている。提灯《ちょうちん》を手にした男が、泥を撥《は》ねながら走ってきた。

再び稲妻が走って、男が着けた笠や蓑《みの》が銀色に光った。

男はふいに立ち止まり、手にした提灯を突き出した。提灯の明かりが、別の路地から走ってきた男の姿を照らしだした。

「なんだ、手前《てめ》ぇか」

男は、相手が誰かをすぐに見定めると、質《ただ》した。

「そっちの路地はどうだ。野郎はいたかッ」

走ってきた男は、

「こっちにもいねぇッ」

と、怒鳴り返した。

「どうやら、ここいらの町中に逃げ込んだんじゃあ、ねぇみてぇだぜ」

「馬鹿ァ抜かせ！　こっちに逃げる姿を確かに見たんだ。しっかり探せッ」

「言われるまでもねぇや！　そっちも目ン玉おっ開《ぴら》いて、よぅく見とけ！」

二人は分かれて、それぞれ別の路地に駆け込んだ。

江戸の表通りは、道幅が十二間（約二十一・六メートル）ある。商家によって挟《はさ》まれた大道《だいどう》を、蓑笠をつけた男たちが十人ばかり、群れをなして走ってきた。

手にした提灯が揺れている。その提灯には『荒海《あらうみ》』の二文字が墨書《ぼくしょ》されていた。

先頭を切って走ってきた貫禄《かんろく》のある男は、足を止めると、町内の四方に鋭い目を向けた。

江戸の町は夜中に木戸を封鎖した、などとも言われている。だが、それは誤伝だ。

大坂《おおさか》の豊臣《とよとみ》家と対立していた頃ならば、夜間の通行を厳しく制限していたこともあっただろうが、江戸の中期ともなれば、夜間の通行は町人たちの勝手気ままだ。

お江戸日本橋七ツ立ち――の歌で知られるように、七ツ（午前四時ごろ）には旅人が江戸を発《た》つのだ。六ツ（午前六時ごろ）まで木戸が閉まっていたら出立《しゅったつ》できないではないか。

通りの向こうからも、男たちが二人ばかり走ってきた。

走ってきた二人の男は、荒海の提灯を掲げた男に歩み寄って腰を屈《かが》めた。

「親分ッ、野郎の姿は、どこを探しても見あたりやせんぜ！」

「しっかり調べたのかッ」

親分と声を掛けられた男が怒鳴り返した。なにしろ暗い。親分も子分も真っ黒な影としか見えない。人相の見分けもつかない。

「へいッ。道端《みちばた》に伏せられていた樽《たる》の類《たぐい》は残らずひっくり返して、中を覗《のぞ》きこみやしたし、莚《むしろ》があれば捲《まく》りあげ、肥《こ》え取《と》りの路地にまで踏み込みやしたが、どうにも見つからねぇんで」

もう一人の子分が、恐る恐る言う。

「あんまり騒動を大きくして、町奉行所の旦那方に気づかれるのもまずいと思案しやして、家探しもろくにできてねえもんで……」

「クソッ」と親分が舌打ちした。

この時、その場にいたすべての男たちの脳裏に、一人の同心の姿が浮かび上がっていたに違いない。

その眼力は南北町奉行所随一《ずいいち》、千里眼《せんりがん》とも噂されるほどの切れ者。剣を取っては江戸で五指に数えられる遣い手。何人もの悪党どもを斬り捨てにして〝人斬り同心〟の異名《いみょう》を取った豪腕だ。

後ろに控えていた長身の男が、親分に歩み寄って囁《ささや》いた。

「北へ逃げたんじゃねぇんですかい」

「北だと？」

親分は肩ごしに鋭い目を向ける。子分は答えた。

「へい。千住宿《せんじゅしゅく》を抜けて江戸の外まで逃げようってぇ魂胆《こんたん》じゃねぇのかと」

「千住か。紅《くれない》ノ勝太郎《かったろう》の縄張りだな」

「勝太郎の手引きを受けているとすると、話は厄介《やっかい》ですぜ」

親分は口をへの字に結んで頷《うなず》いた。それから吠えた。

「追えッ。野郎を江戸の外へ逃がしちゃあならねぇぞ！」

「へいっ」と答えた男たちが走りだす。千住宿を目指して疾走《しっそう》した。

空を稲妻が走る。黒々とした影になって見えたのは、上野《うえの》のお山だろうか。

荒海の二文字が書かれた提灯が揺れる。男たちは蓑笠から雨粒を弾かせつつ走りつづけた。

雨はますます大降りとなってきた。まるで滝垢離《たきごり》をしているかのようだ。

雷鳴も激しさを増している。ビシャッと走った稲妻が、どこか近くに落ちたらしい。轟音《ごうおん》とともに地面が揺れた。

「見ろッ、あそこだ！」

子分の一人が、街道の先を指差した。

野中の道を一人の男が逃げていく。

江戸の町も、上野のお山を過ぎれば田畑《でんぱた》の広がる農村だ。雷光が閃《ひらめ》くたびに野原が明るく照らされる。畦道《あぜみち》を逃げる男の姿が明瞭《めいりよう》に浮かびあがった。

「片足を引いていやがる。間違いねぇ、長兵衛《ちようべえ》だ！」

一家は長兵衛を追って野中に踏み込んだ。

長兵衛もこちらに気づいた。ギョッとした様子で身を震わせて、急いで逃げようとした。

しかし長兵衛は片足に怪我《けが》を負っている。走ることがままならない。たちまちにして一家に追いつかれてしまった。

「野郎ッ、手間ァかけさせやがって！」

子分の一人が怒鳴り声をあげた。

「お屋敷から盗み出した帳簿を差し出しやがれッ！」

稲妻が走り、長兵衛の怯《おび》えきった顔を照らしだした。目を剝《む》き、口をわななかせている。

「あ……、わわわ……」

言葉もろくに出てこない。懐《ふところ》に隠した匕首《あいくち》の柄《つか》を握った。

「ひっ、ひえぇっ」

長兵衛はへっぴり腰で、滅多《めった》やたらに匕首を振り回す。取り巻いていた子分たちがわずかに後退した。

「野郎ッ、やる気かッ」

子分の一人が匕首を抜いた。体当たりをかますようにして、長兵衛の腹に刃《やいば》を叩き込んだ。

へっぴり腰の長兵衛とは裏腹の、腰の入った一撃であった。

「ぐわあああッ！」

長兵衛が断末魔の声をあげる。子分はグリグリと刃で抉《えぐ》った。喧嘩《けんか》殺法《さっぽう》の必殺技で長兵衛の息の根を止めにかかった。

「あっ、しまった……！」

と、その子分は我に返った。

「殺《や》っちまった」

匕首を抜いたのも、土手《どて》っ腹《ぱら》を抉ったのも、とどめをさしにかかったのも、ほとんど反射的な行動で、しかも一瞬の出来事だった。ヤクザ暮らしで鍛え上げた喧嘩技が、無意識に出てしまったのだ。

頭に血がカッと昇ると、見境《みさかい》がつかなくなってしまうのであろう。

長兵衛は白目を剝いて、仰《の》け反《ぞ》りながら倒れた。一声唸《うな》って、絶命してしまった。

雨が降っている。取り囲んだ男たちの笠を叩いた。

「殺ッちまったのか。まぁ、こうなっちまったら仕方がねぇ……」

親分が、ため息まじりに漏らす。

別の子分が長兵衛の懐をまさぐった。

「ありやしたぜ！」

油紙に包まれた帳簿を摑《つか》み出して、かざした。親分は頷き返した。

「ようし。よくやったぜ」

それから長兵衛の死体に冷たい一瞥《いちべつ》を向けた。

「骸《むくろ》は荒川《あらかわ》にでも流しとけ」

夜空を見上げる。

「血は、雨が洗い流してくれるこったろうぜ」

この場には大量の血が溢《あふ》れていたが、朝までにはきれいさっぱりと消えているに違いない。一家が残した足跡も消えてしまう。

「好都合だ」

親分はニヤリと笑った。

骸の始末を数人の子分たちに任せると、一家は江戸の街中へと戻って行った。

二

銀八《ぎんぱち》は目を覚ました。布団の上で胡坐《あぐら》をかき「ふわ〜っ」と大きな欠伸《あくび》を漏らしながら伸びをする。

「昨夜《ゆうべ》は酷《ひど》い雷だったなぁ」

江戸は夏の真っ盛りだ。

雨戸も障子《しょうじ》も開けたまま寝ていた。しかし、戸外から吹き込む風はムッと濃厚な温気《うんき》だ。

「せいろで蒸されているみてぇでげすよ」

銀八はウンザリ顔で呟《つぶや》いた。

はだけた襟元《えりもと》をポリポリと掻《か》く。何箇所も虫刺されの痕《あと》があった。

「蚊帳《かや》も吊らずに寝ちまったから、仕方がねぇでげす」

昨夜も、と言うより今朝まで、卯之吉《うのきち》は酒宴を満喫《まんきつ》していた。雷雨も何も関係ない。遊廓の窓から雷を眺めて大喜びしていた。

「今の雷は威勢が良かった」だの、「今のはちょっと興趣《きょうしゅ》に欠けるねぇ」だの、わけのわからぬことを言っては騒いでいたのだ。

銀八は幇間《ほうかん》だ。いわゆる太鼓持《たいこも》ちである。旦那が朝まで遊んでいるのなら朝までつき従わねばならない。

銀八は縁側に出て空を見上げた。眩《まぶ》しさに顔をしかめる。真っ青な空に真夏の太陽が輝いている。

太陽の角度から察するに五ツ半ぐらい（午前九時ごろ）だろう。早くも殺人的な熱気だ。

銀八は布団を畳むと押し入れに入れて、それから手水《ちょうず》に向かった。

ここは八丁堀《はっちょうぼり》に建ち並んだ町奉行所同心の組屋敷街。南町奉行所同心、八巻《やまき》卯之吉の屋敷である。

今朝、戻ってきたのは六ツ頃（午前六時）だったから、一刻半（約三時間）程度しか寝ていないわけだが、それでも銀八の目はパッチリと冴《さ》えて、心身ともに元気一杯であった。

世の中には、睡眠時間が短くとも疲れ知らずで平然としていられる人がいる。一刻も眠れば十分。二刻も眠ったら逆に寝過ぎたと感じるような人たちだ。

幇間は短眠の体質をもった者にしか務まらない。

銀八は、歌も踊りもご機嫌取りも、幇間史上最悪最低の男だが、睡眠時間だけは短い。だから卯之吉のお供や身の回りの世話が務まる。

もっとも、睡眠時間が短いだけでは、幇間に向いているとは言えない。

この頃、海の彼方《かなた》の遠国《おんごく》では奈翁《なおう》（ナポレオン）が台頭し、日本にも和蘭《オランダ》を介してその人物評が伝わっていたが、睡眠時間が短いからといってナポレオンが太鼓持ちに向いているとは思えない。同様に銀八も、太鼓持ちに向いてはいない。

銀八のように芸事の酷い幇間は、広いお江戸でも二人とは見られない。

銀八は台所に足を向けた。美鈴《みすず》がおさんどんに励んでいた。青菜包丁で野菜を刻んでいる。

普通、台所仕事というものは、夜が明けぬ暗い内に行われる。江戸の人々は日が昇ると同時に仕事を開始するからだ。夜の照明が乏しくて、夜中に仕事ができないぶんだけ朝の活動開始が早い。

日が昇ってから朝御飯を作る家などはない。広い江戸でも南町の八巻屋敷ぐらいでしか、お目にかかることができないだろう。

卯之吉が起き出してくる時刻に合わせてご飯を出すので、こういう珍妙な事態となってしまうのであった。

美鈴が銀八の顔を見て、「あら？」と声を漏らした。

銀八は不思議そうな顔で訊《き》き返した。

「あっしの顔に、なんかついていやすかね」

「ついていないけれど……」

美鈴は円《つぶ》らな目で銀八を見つめた。双眸《そうぼう》が聡明に澄んでいて、顔だちも整っている。

（本当にお綺麗《きれい》な娘さんでげすなぁ）

と、銀八でも思う。

ところがこの娘は武芸が異常なまでに強い。恐ろしく強い。そのせいで嫁の貰《もら》い手がまったくなくて、卯之吉のような変わり者の屋敷に転がりこんでいる。

その美鈴が言った。

「虫刺されが酷い」

「ああ。道理でさっきから痒《かゆ》い痒いと思ったでげす」

銀八は幇間の口調でそう言いながら頬を掻いた。自分の目では見えないけれども蚊に食われて赤く腫《は》れているのに違いない。

「虫刺されの薬はあったでげすかね？」

「戸棚にあるけど、自分で取って。あたしは料理してるから」

「へいへい」

銀八は薬の入った引き出しをかき回し、貝殻《かいがら》の容器の中に入れられた軟膏《なんこう》を、不器用な手つきで顔に塗りたくった。

赤い虫刺され痕の上に白い軟膏が筋を作って紅白幕のようになった。めでたい容貌だが、本人はそのおかしさにまったく気づいていない。

銀八は卯之吉の寝所《しんじょ》に向かった。

「若旦那、起きておくんなさい」

卯之吉の枕許《まくらもと》に両膝をついて声をかける。

卯之吉はいつものように、頭の上まで夜具を引《ひ》っ被《かぶ》って眠っている。どうでも起き出す意志はない、という決意表明であるかのようだ。

「まったく、こんな暑いのに夜具なんか被っていたら、蒸し蛸《だこ》になっちまうでげすよ」

卯之吉はいったん眠るとなかなか起きない。放っておくと昼過ぎまで寝ている。

「若旦那、もう五ツ半でげすよ」

夜具の中から、いかにも眠たそうなうめき声が聞こえた。

「今日は非番だよ……。寝かせておいておくれな……」

町奉行所の同心には、奉行所に詰めて公務に当たる当番の日と、出仕をしない非番の日とがある。

今日の卯之吉は非番の日だ。存分に朝寝を決め込もうという魂胆であるようだった。

しかし非番だからといって、休日であるわけではない。屋敷に陳情《ちんじょう》や相談にくる町人たちの話を聞いたり、市中の見回りをしたりする。それが町奉行所の同心の仕事であり、義務であり、矜持《きょうじ》でもあるはずだ。

ところが、そんな義務感や矜持からいちばん遠いところにいるのが卯之吉なのだ。

「いったい、お役目をなんだと思っているでげすか。さぁ起きるでげす」

銀八は夜具を引き剝《は》がそうとした。卯之吉は内側から夜具にしがみついている。

「口やかましい親戚みたいなことを言わないでおくれ」

「若旦那が道を踏み外さないように目を光らせるのも、幇間の務めでげす！」

若い遊び人は、どこまでも際限なく遊びに溺《おぼ》れ、悪ふざけが過ぎて危険な行為をしでかしかねない。そこを窘《たしな》めるのも幇間の大事な仕事なのだ。

若旦那の経歴や評判に傷がついたら、それは幇間の落ち度となる。

卯之吉は根負けしたように身を起こした。半分眠ったままの顔つきで目を銀八に向ける。

「どうしたんだい、今日のお前はなんだか変だよ」

「へい。そうでげす」

銀八は急いで布団を畳んで押し入れに押し込んだ。それから答えた。

「下総《しもうさ》の伯父《おじ》が江戸に出てくるでげす」

「へぇ。お前にそんな伯父さんがいたのかい」

銀八は呆《あき》れた。

「何日も前から、伯父が出てくる話をしてたじゃねぇでげすか」

どうやら卯之吉は銀八の話をまったく聞いていなかったのか、あるいは記憶に留めていなかったらしい。

「ふ〜ん。そうだっけ。それで、だからなんなんだい」

「ですからあっしは今日、お暇《ひま》を賜《たまわ》ってるでげす」

「そんな約束をしたんだ」

「へい。若旦那が、なさいやした」

「それで？」

「ですからね、あっしが伯父を迎えに出掛けるより前に、若旦那には、町方のお役人様らしい姿になってもらわなくちゃいけねぇんでげす」

卯之吉は、自分一人では着替えすらできない。半分眠った顔で突っ立っている卯之吉に、銀八は甲斐甲斐《かいがい》しく着物を着せ掛けて、帯を結んでやった。

江戸は武士の都《みやこ》である。

そもそも江戸という町は、厳密にいえば〝町〟ではない。城だ。軍事拠点なのである。

江戸の城下には大勢の商人と職人が暮らしているが、彼らは、江戸城に駐屯《ちゅうとん》している軍兵の生活を支えるために存在している——という建前になっている。

江戸時代も中期を過ぎれば、町人のほうが武士よりも豊かになって、お江戸の町で羽振り良く暮らしていたが、あくまでも江戸は軍事拠点。

商人たちは『お城の中に売り物を持ち込んできて、商売をさせていただいている身』という建前になっている。つまりは外商だ。

実際に、江戸の商家のほとんどは〝出店〟であって、本店は京や大坂などの上方《かみがた》にあった。江戸の商人たちは『城の中に、担《かつ》ぎ売りに来ている』という感覚であったはずなのだ。


武士の暮らしを支えるために必要なのは商人だけではない。様々な労働力が必要とされる。

それらの人々は江戸の近郊から出稼ぎとしてやってくる。江戸の雇用形態が年季奉公であるのはそのためだ。出稼ぎの労働者を終身雇用で雇うことはない。終身雇用で雇ったならば、その人は出稼ぎ労働者ではなくなる。

下総国は、江戸の労働者の供給源の最たるものであった。大勢の下総者が江戸に向かってやってくる。その道筋は——、行徳《ぎようとく》の津などから舟を使って江戸に直接入る舟運《しゆううん》の道と、水戸《みと》街道を使って陸路から江戸に入る道とがあり、陸路を使った場合には、松戸宿《まつどしゆく》で江戸川《えどがわ》を渡り、千住大橋を渡って江戸に入った。

その陸路を通って銀八の伯父が江戸にやってくる。

八丁堀の八巻屋敷を出た銀八は、道を北に取って千住宿を目指した。筋違橋《すじかいばし》で外堀（神田川《かんだがわ》）を渡り、下谷広小路《したやひろこうじ》を抜けて上野のお山を横目にしながら日光《にっこう》街道を進んだ。

江戸の町はいつもながらの人出だ。毎日が縁日のごとき賑わいである。

上野の山には東照神君《とうしようしんくん》（徳川家康《とくがわいえやす》）を祀《まつ》る寛永寺《かんえいじ》がある。春は桜の名所だ。寛永寺は日中ならば百姓町人の参詣《さんけい》も自由という、懐の深いところがある。

東照神君の御霊屋《みたまや》は日光東照宮に勝るとも劣らぬ豪華絢爛《けんらん》さを誇っていた。江戸の町人はもとより、街道を旅してきたお上《のぼ》りさんたちも、一目、御霊屋を見てみたい、参詣したいと考えて、押しかけて行く。

さらには千住の方角からは、旅人と荷車も押し寄せてくる。銀八は人込みをかき分けるようにして進んで行かねばならなかった。

「それにしても酷いねぇ。なんだってこんなに道が混んでいるんだい」

人がどんどん押し寄せてくる。下谷から千住に向かう道は日光街道だ（千住で水戸街道と分岐する）。五街道として整備されていて、このあたりの道幅は十二間もあるはずなのに、肩と肩とがぶつかりそうになるほどなのだ。

これはいくらなんでも変だ、と、銀八は今頃になって感じた。そこで首を伸ばして伸び上がり、四方に目を向けてみた。

こんなに広い道なのに、人々が皆、端《はし》に寄っている。だからこんなに道が混んでしまうのだ。

「いったいなんだってみんな、こっち側ばっかり歩きたがるんでげすかねぇ。肥《こ》え桶《おけ》でも通るんでげすか」

江戸から郊外へと糞尿《ふんにょう》が運び出される。それらの糞尿は大事な肥料となるわけだが、肥え桶を担いだ百姓衆が道を行けば、大名行列でも慌てて道を譲る。

ちなみに肥え桶は道の真ん中を通らなければならない決まりとなっている。道の両脇には家屋敷や商店が建っているので、万が一にも建物に汚物がかかるとまずいからだ。

というわけで江戸の道では、肥え桶が真ん中を堂々と通り、大名行列が道の端に避《よ》けて肥え桶が通りすぎるのを恐々《こわごわ》と待つ——などという珍妙な光景が至る所で見うけられた。
銀八も肥え桶などと鉢合わせしたくない。急いで目を巡らせる。
すると、肥え桶担ぎのお百姓よりも、もっと恐ろしい男と目が合ってしまった。

「あっ、寅三《とらぞう》さんだ」

赤坂新町《あかさかしんまち》に縄張りを構える俠客《きょうかく》、荒海一家の代貸《だいがし》、寅三が、街道をこちらにやってくる。瘦身《そうしん》で背が高くて、頰の瘦せこけた男だった。

向こうも銀八に気づいた。しかし顔を綻《ほころ》ばせることはなかった。鋭い眼光にますます凄《すご》みを利《き》かせると、仇敵《きゅうてき》を見つけたような目を向けてきた。

別段、銀八を憎んでいるわけではない。寅三は誰に対してもこういう顔つきで接するのだ。誰に対してもおどけた態度で接する銀八とは正反対だが、ある意味では似たようなものであった。

寅三は若い弟分たちを引き連れている。竹次郎《たけじろう》と銀公《ぎんこう》という盗《ぬす》っ人《と》あがりの二人組で、つい先日、三右衛門《さんえもん》親分に拾われて一家に入ったばかりであった。

寅三の下で俠客としての見習いをしている最中なのに違いなかった。

銀八は、街道の人々がこちらに寄ってくる理由を理解した。寅三は一目でやくざ者だとわかる。血臭《ちしゅう》のしそうな男だ。そんな男が肩を揺らしてやってくれば、誰だって道を譲るに決まっていた。

しかし銀八は格別に寅三を怖いとは思っていない。

確かに見た目は恐ろしいし、喧嘩となれば、拳骨《げんこつ》だけで五、六人はあっと言う間に叩きのめす男だ。長脇差《ながどす》など使わせようものなら血の雨が降る。

それでも根は悪人ではないと銀八は思っている。

俠客の世界も人間の社会である。守るべき仁義や通すべき筋がある。それらを守らなくては俠客社会は成り立たない。寅三は仁義を重んじ、きっちりと筋を通す男だ。

怖いけれども信頼はできる。

銀八はヘコヘコと腰を屈めて寅三に歩み寄った。

「こんち、良いお日和《ひより》で」

軽薄な挨拶《あいさつ》をすると寅三はますます殺気だった（ように見える）顔をした。

「このくそ暑いのに、良い日和もなにもあったもんじゃねぇ」

笠を被っているけれども、その下で汗を滲《にじ》ませている。

竹次郎と銀公がシャンと背筋を伸ばした。

「銀八兄ィ、ご一瞥ぶりでござんす！」

慣れない口調で二人が交互に挨拶を寄越してきた。

（銀八兄ィ……？　そんなふうに呼ばれたのは初めてでげすよ）

この二人は銀八の顔を知っている。〝人斬り同心〟八巻卯之吉の小者《こもの》だと思っている。

実際にそのとおりなのだけれども、八巻卯之吉ほど、評判と実態の乖離《かいり》した男はいない。

同心の小者とは、すなわち岡っ引きの親分のことだ。しかし銀八は岡っ引きらしきことは何もできない。

さりとて幇間としての芸事ができるわけでもないから困る。

突然に立ち話を始めた幇間と俠客たちを、道行く人々が恐々と見ている。

「なんでぇ、あの太鼓持ちは。おっかねぇ兄ィの前でも物怖《ものお》じひとつしていねぇぞ」

「ヤクザの若いのに挨拶されてらぁ。いってぇどういう男なんだい」

コソコソと囁く声がしたが、銀八は呑気《のんき》な質《たち》なので自分が噂されているとは思っていない。

「寅三さんは、今日はどういったご用件で？」

銀八は寅三に訊いた。寅三たちの姿をしげしげと見る。

草鞋《わらじ》を履いているけれども手甲脚絆《てっこうきゃはん》は着けていない。千住より外に向かうつもりはない様子だ。

「旦那に内緒で捕り物と洒落《しゃれ》こんでるわけじゃねぇよ」

寅三が答えた。

荒海一家は八巻同心の手先を自任している。八巻の指図《さしず》で関八州《かんはっしゅう》に出役《しゅつやく》して悪党たちと戦ってきた。

八巻卯之吉自身はそんなことをするように命じた憶《おぼ》えも、頼んだ憶えもないのだが、なぜだかそういうこととなっている。世間の人々も人斬り同心の八巻と荒海一家の共闘に恐れ慄《おのの》いていた。

（荒海一家の皆さんは、どうしてウチの若旦那のことを、辣腕《らつわん》同心様だの、剣客だのと勘違いなさっていなさるんでげすかねぇ？）

それが一番の謎だ。

「俺たちはこれから、千住宿の勝太郎の所に行くのだ」

寅三が言った。

「ああ、勝太郎親分ね」

千住宿を仕切る俠客、紅ノ勝太郎のことは、銀八も知っている。卯之吉は江戸に戻るなり、勝太郎の地元で大宴会を催《もよお》したからだ。

「それなら、あっしも宿場までは一緒ですよ」

「お前《め》ェも千住に用かい」

夏の陽差しの下で、立ち話は辛《つら》い。四人は千住に向かって歩きだした。

千住には千住大橋が架かっている。家康が江戸に入って最初に造らせた巨大な橋だ。その威容は遥《はる》か彼方からでも遠望できた。

真夏の陽炎《かげろう》の向こうで円弧の橋が揺らめいている。

三

「おう銀八。久しぶりだべなぁ」

伯父の金五郎《きんごろう》は笑顔を向けつつ、煙管《キセル》の莨《たばこ》に火をつけて美味《うま》そうに吸った。

ここは千住宿の茶屋。

茶屋の名で呼ばれる施設にも実態がいろいろとある。茶店、遊廓、出合《であい》茶屋などなど。

この茶屋は料亭である。二階の座敷に料理の膳が並べられ、床ノ間を背にした金五郎が笑みを浮かべて座っていた。

「お前ェの評判は、在所にも伝わっとるべぇ」

いわゆる〝関東のべぇべぇ弁〟である。おまけに地声が大きい。

田舎で暮らす人々は、彼方の田畑で働く人と会話をするので、習慣的に大声となる。狭い長屋で密集して暮らす江戸の人々は、江戸っ子の印象とは正反対に物静かだ。

さらには金五郎は、だいぶ耳が遠くなったらしく、それがまた大声の原因なのであった。

金五郎は間もなく還暦の年格好で、白髪頭《しらが》に小さな髷《まげ》を結っている。百姓仕事をしているので顔は真っ黒だ。歯だけが真っ白に生え揃っている。

歳の割りには若々しく、無駄に闊達《かったつ》そうなのは、綺麗に揃った歯があるからだろう。食事は元気の源だ。

銀八がこの伯父と顔を合わせるのは数年ぶりだが、白髪が増えたことと耳が遠くなったことの外《ほか》には変わりがない。元気そうなので一安心だ。

「下総の村はお前ェの噂でもちきりだべ。オイラも伯父として鼻が高《たけ》ぇべよ」

金五郎は満足そうに紫煙《しえん》を吐いて、そう言った。

銀八にとっても嬉しい話だ。

「あっしの評判？　あっしの芸事が、評判になって伝わってるんでげすか」

吉原《よしわら》かどこかで銀八の芸を覗き見た地元の人間がいて、その素晴らしさを田舎に帰って吹聴《ふいちょう》したらしい――銀八はそう考えた。

ところが金五郎は、

「馬鹿を言えぇ」

首を横に振った。

「評判になっているのは八巻の旦那のお手柄話だべぇよ。お前《め》ェが八巻の旦那の手下《てか》を務めてるってことぁ、みんな知ってるべ。偉いお役人様の下でお前ェも手柄を立ててる。村の連中《れんじゅう》も鼻が高ぇべ」

銀八は、なんと答えたら良いものかわからず、絶句した。

口から出任せに下手なヨイショを連発する銀八だが、この想定外の展開には、どう返して良いのかわからない。

（あっしの芸事の評判が伝わらず、若旦那の手柄話が伝わってるんでげすか）

銀八からすれば、卯之吉の評判や高名は、すべてが思い込み、勘違い、誤解である。現実には辣腕同心の八巻など、この世に存在していないのだ。

(なんで若旦那の誤解ばかりが、こうも広がるんでげすかねぇ?)

銀八は首を傾《かし》げた。

もっとも銀八の芸事は確かに酷い。こちらの評判が世間に広まらないのは当然だ。銀八だけが、手前勝手に『故郷で評判になっているはずだ』と思い込んでいるだけである。

その時であった。二人が座る座敷の襖《ふすま》が開いた。一人の娘が顔を出し、銀八に気づいて「あっ」と声を漏らした。

おどおどと動揺した顔つきで銀八を見ている。

銀八は、仲居が座敷を間違えたのだろうと考えた。

(それにしても、ずいぶんと不作法な仲居でげすな)

敷居の前で突っ立ったまま、というのはどういうことか。座敷を間違えたのなら、即座に詫《わ》びて襖を閉めるべきだろう。

もっとも、千住宿で働く娘たちの行儀など、この程度のものだ。田舎から江戸に出てきたのだが、江戸では雇ってもらえずに江戸の入り口である宿場に留まっている。吉原などの大見世《おおみせ》の禿《かむろ》たちとは受けている躾《しつけ》がぜんぜん違った。ところがこの娘は茶屋の仲居などではなかったのである。

立ち竦《すく》んで挨拶もできないでいる娘に、金五郎が笑顔を向けた。

「おようちゃん、入りな」

娘はコクリと頷くと、目を伏せたまま入ってきて、部屋の隅《すみ》のほうに座った。

「おいおい、どうした。そんなにかしこまるこたぁねぇべよ」

金五郎は笑顔を銀八にも向ける。

「お前ェもひょっとこみたいな顔をしているな。誰だかわからねぇのか。笊屋《ざるや》のおようちゃんだよ」

「えっ」

銀八は驚いて娘の顔を凝視《ぎょうし》した。

「笊屋ってのは村外れの、栗の木の下にある、あの笊屋かい」

笊屋とは屋号だ。家屋についている名前を屋号という。苗字《みょうじ》を持つことの許されぬ百姓たちは、住み暮らしている建物の名前を苗字の代わりとして使っている。

銀八が生まれ育った農村では、鍬屋《くわや》や蓑屋《みのや》、鎌屋《かまや》など、農具を屋号に使うことが多かった。

笊屋といっても笊を売っている店を経営しているわけではない。

銀八は笊屋のおようをまじまじと見ている。

「本当におようちゃんか。あんなにちっちゃかった……」

金五郎は煙管の莨に火をつけ直して笑っている。

「いつまでもちっちゃいわけがねぇべ。お前ェが村を出ていって、何年経ったと思ってるんだ」

幼児《おさなご》だったおようが、一人前の娘に育って目の前に座っている。古着の丈《たけ》が身体《からだ》に合っていないのか、ふくらはぎが裾《すそ》からニュッと飛び出していた。その逞《たくま》しさが眩《まぶ》しかった。

およう は田舎者丸出しの垢抜《あかぬ》けない風貌で、化粧っ気もなく、髪形も纏《まと》めて団子《だんご》にしているだけだ。女髷《おんなまげ》とはとても言えない髪形だった。

しかしそれでも不快さを感じさせない清潔さがある。

江戸で一、二年も過ごせば、見違えるほど綺麗に化けるかもしれない、などと銀八はボンヤリと考えた。

「それにしたって、お前ェもてぇした度胸の持ち主だべ」

金五郎に声を掛けられて我に返った。

「えっ、何が」

「だってお前ェよォ、八巻様の悪党退治のお供をしていりゃあ、お前ェだって危ねぇ目に遭《あ》うんだんべ？」

「いいや？　そんなことは……」

およう のことはいったん横に置いて、日々の暮らしぶりを思い返した。

「危ないことなんか、格別にあるもんじゃないでげすよ」

卯之吉は、危ない場所には近づかない。無気力で怠惰《たいだ》な遊び人である。

「いやいや。そうでもないか」

卯之吉も、銀八も、そこが危ない場所なのだと気づきもせずに、野次馬《やじうま》根性で首を突っこむことが多い。

「確かに、他人《ひと》様の目から見れば、危ねぇことをやってるようにも、見えるかわからねえでげすな」

「おいおい、たいした度胸だぁ。感服したべよ」

金五郎はそう言って笑った。

「その肝《きも》の太さがあればこそ、八巻様の手下が務まるんだべなぁ。オイラ、お前ェという男を見直したべ。まったくてぇした男だ」

およようまでもが憧れの目で銀八を熱烈に見つめている。

「そんなに褒《ほ》められては困るでげすよ」

他人のことなら、場も弁《わきま》えずにヨイショしまくる銀八だったが、自分が褒められることには慣れていない。

（これじゃあ、どっちが幇間だかわからねぇでげす）

銀八はひとしきり、冷や汗を搾《しぼ》り取られた。

四

腹拵《はらごしら》えを終えた三人――金五郎と銀八とおよう――は、表道に出た。千住宿は千住大橋を挟んで荒川の南と北とに広がっている。宿場の真ん中を日光街道が延びていた。

この宿場は、夜ともなると遊女が顔を覗かせて、管弦の調べも艶《あで》やかな遊里へと変貌するのだが、昼間はもっぱら、人馬継《じんばつ》ぎ立《た》ての問屋《といや》商い（運輸業）で賑わっている。

荷を運ぶための馬子《まご》や男たちが大声を発しながら威勢よく働いている。汗臭さと喧噪《けんそう》が渦巻く宿場には、色気も何もあったものではなかった。

銀八は豁間であるから、夜の千住宿の貌《かお》しか知らない。

荷車が土煙を上げながら行き交い、

「どけっ、どけっ、撥ね飛ばすぞ！」

男たちが怒鳴り散らしながら駆けていく。

銀八は伯父とおようの身を案じた。田舎者は総体、気性がのんびりとできている。田舎の道では荷車など走っていないので、避け方も知らない。

「道の端っこを歩いてやっておくんなせぇ。命あっての物種でげすから」

そう言って、荷車や馬の邪魔にならない端に寄る。それから思案した。

伯父の金五郎は、三番町《さんばんちょう》にある旗本屋敷まで行きたいらしい。

「下総から千住までの街道は一本道でげしたが、ここから先の江戸の町中は、道が枝分かれしながら広がっているでげす。うっかり脇道に踏み込んだりしたら、道に迷ってしまうでげすよ」

田舎者の伯父のため、どの道を通れば三番町までわかりやすく行き着くことができるか、頭の中で地図を描いた。

「えーと、神田川に沿って西へ進んで……あッ」

ちょっと目を離した隙に金五郎がスタスタと歩みだしている。江戸に向かって人込みの中を堂々と進んでいくではないか。

「ちょ、ちょっと待っておくんなせぇ。道に迷っちまうでげすよ！」

慌てて追いかけると金五郎は（何を言ってるんだ）という顔を向けてきた。

「オイラぁ、若ぇ頃《わけ》は武家奉公をやってたんだべ。いっくら久しぶりの江戸だっちゅうても、道に迷うわけがねぇべよ」

「えっ」

そんな話は初耳だ。

銀八が千住宿まで伯父を迎えに来たのも、道案内をするためだった。しかしどうやらその必要はなかったようだ。

金五郎は宿場の中を江戸に向かって歩いていく。ところが急に足を止め、

「あっ」

と声を漏らし、銀八のところへ駆け戻ってきた。

「早速の騒動だんべよ」

指差す先で「ワアッ」と喚《わめ》き声が上がっている。そのうえ土埃《つちぼこり》まで濛々《もうもう》と立ちのぼっていた。

「この野郎ッ、よくもやりやがったな！」

「手前ぇのほうが無理押ししてきやがったんだろうが！　預り物の荷をだいなしにしやがって。どうしてくれるッ」

高く荷を積んだ車が横倒しになっている。どうやら荷車の二台が衝突してしまったらしい。

「勘弁ならねぇ！」

「そいつぁこっちの台詞《せりふ》だッ」

車引きの二人が今にも殴り合いを始めそうな勢いで罵《のの》り合う。筋骨隆々たる大男たちで、夏なので前掛けと褌《ふんどし》しかしていない。まるで仁王像の喧嘩である。二人とも腕っぷしが強そうだ。拳骨も節くれだっている。あんな拳で殴られたら、銀八など一発でのされてしまうに違いなかった。

おまけに、それぞれの車には、車力《しゃりき》と呼ばれる後押しがついている。数人がかりでの乱闘が始まりそうな気配となっていた。

「あんな喧嘩に巻き込まれちまったら大《て》ぇ変《へん》でげす。騒ぎが収まるまで待つか、裏道を通るかしたほうが良さそうでげす」

銀八は伯父の袖を引いて喧噪から遠ざけようとした。

「きゃあっ」

と黄色い悲鳴を上げたのは宿場で働く女だ。宿屋の女中が喧嘩に巻き込まれそうになっている。

銀八の横でおようが息を呑んだ。田舎では滅多に起こらぬ喧嘩に怯《おび》えきっているのだ。

（あっしだって怖くって仕方がねぇんでげすから、おようちゃんにとっては尚更《なおさら》でげすな）

急いでこの場を離れなければならない。

ところが、金五郎は興奮して鼻の穴を広げている。

「銀八や。ここはお前ェの出場《でば》じゃぁねぇべか」

そう言うやいなや、

「おいおい、お前たち。天下の大道での喧嘩騒ぎはいい迷惑だべ。やめなさい、やめなさい」

なんと、大男たちの喧嘩の真ん中に、張り切って乗り込んで行ってしまったのだ。

銀八とおようはほとんど同時に悲鳴をあげた。

金五郎は小柄でこぢんまりとした体格だ。大男たちの肩の辺りまでしか背丈がない。胴回りも華奢《きゃしゃ》だ。車引きたちの太腿の一本と、金五郎の胴体ひとつが同じくらいの大きさであった。

(ちょっと伯父さん、何を始めたでげすか……ッ?)

銀八は茫然《ぼうぜん》となった。

「なんでぇ爺《じじ》ィ! 怪我したくなかったら引っ込んでろィ!」

車引きの一人に怒鳴り返された。忠告してくれただけ、むしろ親切な人だといえるだろう。

ところが金五郎は、まったく動じる様子もなく、ほくそ笑んでいる。

「こらこら。無体《むたい》をしたらいけねぇべよ。お上の手を煩《わずら》わせることになるべ。番屋でこってり、油を搾られることになっても知らねぇべよ」

偉そうな物言いをされて、荒くれ男たちはますますいきり立った。

「抜かしやがれ、この田舎爺ィ! 黙らねぇと手前ェから先に畳んじまうぞッ」

銀八はハラハラし通しだ。できることなら喧嘩の輪の中に割って入って、伯父の襟首をひっ摑んで、引っ張ってきたい。

しかし殴られるのは怖い。本当に怖くて足が竦んでしまう。

金五郎はいい気になって啖呵《たんか》を切り続ける。

「お上の御用を預かる、偉い親分さんが見ていなさるだよ。喧嘩はそこまでにしておくのが良かんべ」

(いったいどこに、そんな親分がいなさるんでげすか)

見ているのなら、どうして仲裁に出てきてくれないのだ、と銀八は思った。

「いってぇどこにそんな親分がいるってんだ！」

大男の一人が、まったく同じ疑問を感じたらしく、銀八の代わりに質した。

「ほら、あそこだべ」

金五郎は、余裕の笑みを浮かべながら、銀八のほうに目を向けた。そして言った。

「南北町奉行所一の同心様、八巻の旦那の手下を務める親分さんが、お前さんたちの不行状《ふぎようじよう》を見ていなさるべぇよ」

銀八は(あっ)と心の中で叫んだ。

金五郎はとんでもない勘違いをしている。銀八のことを、辣腕同心の手下に相応《ふさわ》しい、豪傑かなにかだと思い込んでいるのだ。

「おっ、おじおじ……伯父さん……ッ！」

とんでもないことをしてくれた。荒くれ大男たちがこちらにギロッと、怒りの籠《こ》もった目を向けてきた。

(こっ、殺されるでげす……!)

卯之吉ならばこんな時、立ったまま失神してしまうだろう。しかし銀八にはそんな便利な特技はなかった。恐怖に圧倒され、オシッコを漏らしそうになりながら、しかし意識ははっきりと、これから起こる恐怖の時間に耐え続けなければならなかったのだ。

ところがである。男たちは一斉に顔色を変えた。

「お、親分さんは! 南町の八巻の旦那のお手先の……」

「とんでもねぇところをお見せいたしやしたッ」

「どうか勘弁しておくんなせぇッ」

男たちは、まるで尻尾《しっぽ》を巻くようにして逃げ散っていく。悪戯《いたずら》を見つかった悪餓鬼たちのように、建物の裏手へと走って行ってしまったのだ。

「へ?」

これには当の銀八がいちばん驚かされてしまった。

(いったい何があったんでげすか)

振り返って、「あっ」と叫んだ。銀八の後ろに、荒海一家の寅三が立っていたのだ。例の凄みの利いた目つきで、喧嘩騒動を睨《にら》みつけていたらしい。

銀八は理解した。荒くれ大男たちが恐れた相手は寅三だったのだ。

寅三が卯之吉の下で働いていることを知っていたのに違いない。

寅三は、江戸一番の武闘派の侠客集団、荒海一家の代貸である。彼らはそのことも、知っていたのに違いなかった。

荒くれ男たちが逃げ散ったのを見届けると、寅三は無言でプイッと横を向いて、そのまま立ち去ってしまった。

金五郎が銀八に駆け寄ってきた。

「てぇしたもんだべなぁ！」

満面に喜悦《きえつ》を張りつけて、感心しきりである。

「あんな悪タレどもを、ひと睨《にら》みしただけで震え上がらせるなんてなぁ！」

「うむ、まぁ。たいしたもんでげすよ」

確かに寅三はたいした漢《おとこ》だ。だから銀八は頷いた。

「ここまでの〝顔〟になっているなんて思わなかったべ。まったくお前ェはてぇしたもんだ！」

金五郎にポンッと肩を叩かれて、銀八は（あっ）と思った。

伯父は、銀八が荒くれ大男たちを震え上がらせたのだと思い込んでいるのである。

（そんな馬鹿なことを、どうして信じ込むんでげすか）

そう思ったのだが、考えてみれば銀八は確かに八巻同心の小者ではあるのだ。問題は、八巻同心と銀八が、世間一般で思われている同心主従の姿からかけ離れている、というところにある。

「オイラぁ、お前ェの立派になった姿を見て一安心だぁ。これでいつ、お迎えが来てもかまわねぇ」

感極まり過ぎたのか、とんでもないことを言い出して涙ぐんでいる。

およう も、熱烈な眼差《まなざ》しで銀八を見つめている。

銀八は（本当はそうじゃねぇんでげす）と説明をすることが、どうしてもできなくなってしまった。

五

銀八が立ち去る姿を、寅三はこっそりと物陰から険しい顔つきで見送った。

（一緒にいたのは……、親類か）

漏れ聞こえた会話から、そう察した。

(娘のほうは、銀八のなんなのか、よくわからねぇな)

ともあれ今は、銀八の連れの身許《みもと》を詮索《せんさく》している場合ではない。

「おい、行くぞ」

竹次郎と銀公に声をかけると、江戸に向かって歩みだした。

どのくらい進んで行っただろうか、竹次郎が、

「寅三兄ィ、あれは……」

と、街道の脇道を指差した。

寅三は笠の下で目を細くさせた。町奉行所の小者らしい白襷《しろだすき》の男たちが、六尺棒を手にして走ってゆくのが見えたのだ。

小者たちは荒川の土手に向かっていく。寅三も目を向ける。夏の陽炎の向こうに人だかりができていた。

寅三は足を止め、思案してから、その人だかりに足を向けた。田圃《たんぼ》の中の畦《あぜ》を踏んで荒川の土手に近づいた。

土手に集まっていたのは、南町奉行所の同心と、その手下、さらには南町奉行所の小者たちであった。卯之吉も南町の同心である。寅三の見知った顔が幾《いく》つも

あった。

「おいッ、野次馬は近寄るんじゃねえ」

目敏《めざと》く寅三たちを見つけた同心が叱りつけてきた。

「村田《むらた》ノ旦那」

寅三は笠を脱いで低頭した。

南町奉行所の筆頭同心、村田銕三郎《てつさぶろう》が出役《しゅつやく》してきていたのだ。村田のほうも寅三の顔を見知っている。

「なんだ、手前ェかよ……」

それから首を伸ばして、四方に目を向けた。

「ハチマキも来てるのかい」

寅三は首を横に振った。

「いいえ。あっしはたまたま通りかかっただけでございまさぁ。八巻ノ旦那のお指図を受けて推参したんじゃござんせん」

「そうかよ」

なぜだか知らぬが、村田はホッと安堵《あんど》したような表情を覗かせた。

村田銕三郎は本物の辣腕同心で、江戸の悪党たちから〝南町の猟犬〟という綽《あだ》名《な》を奉《たてまつ》られている。眼力は鋭く、鼻も利き、頭も切れれば剣の腕も立つ。

それなのに、なぜか八巻卯之吉のことだけは苦手としている。

もちろん本人は、苦手としているとは気づいていないし、決して認めはしないであろう。同心の矜持に溢れすぎている男なのだ。

寅三は、細い目の端で川岸を見た。

葦《あし》の群生の中に、死体が浮いていた。

「殺し、と、お見立《いか》てなすったんですかい」

村田が目を怒らせた。

「どうして殺しだとわかるんだ」

寅三は、わずかな無言の後で、

「溺れ死んだにしちゃあ、仏《ほとけ》さんの血色が悪すぎやす。あれはたくさん血を流して死んだ仏の面《ツラ》ですぜ」

そう答えた。

村田は「ふん」と鼻を鳴らした。

「まぁな。俺の見立ても、そんなもんだ」

寅三は冷たい表情のまま、

「あっしたちにも検視のお手伝いをやらせちゃあもらえやせんか。これでも八巻様の手札《てふだ》を預かる身でございまさぁ。お手伝いのひとつもしてゆかなくちゃあ面目《めんぼく》が立ちやせん」

そう頼んだ。村田は、

「役人の邪魔はするなよ。野次馬が近づいてきたら追い払え」

そう言って、ぷいと背を向けた。

「骸はまだそんなに水を吸っちゃいねぇ。殺されたのは昨夜《ゆんべ》のこったろう。よく検《あらた》めろ」

小者たちに指図しながら、自分もジャブジャブと水の中に踏み込んで行く。

「この暑いのに、たいした働き者だなぁ」

銀公が呆れた口調で言った。確かに村田銕三郎は率先して良く働く。村田の指図の下では怠《なま》けることができないので、小者たちも汗を滴《したた》らせながら働いた。

「うっ、臭《くせ》ぇ」

竹次郎が顔をしかめた。酷熱で早くも死体が腐臭を放っていたのだ。

蝿《はえ》の大群が飛んできて、小者や同心たちが払っても払っても、死体にまとわりついている。

寅三は鋭い目つきで死体と、それを検める役人たちを睨んでいる。それとない素振りで歩き回って、近くの草むらの中に分け入った。

寅三の目が何かを見つけた。そっと屈んで拾い上げると、急いで懐の中に隠した。

川岸では死体が引き上げられようとしている。

「旦那方ァ、こいつを見ておくんなせぇ」

奉行所の小者が叫んでいる。

「腹を刃物でえぐられてやすぜ。一突《ひと》つきでお陀仏だ。こいつは殺しに慣れた野郎の仕業《しわざ》でさぁ」

寅三は死体を睨みつけている。同心たちは死体の周りに集まって、あれこれと調べを始めていた。

荒海一家は赤坂新町に店を開いている。

江戸の町は、正業を持たない者は居住することができない。法度《はっと》で禁じられている。

荒海一家は俠客で、博徒の集団であったが、表看板としては口入《くちい》れ屋《や》を営んでいる。赤坂新町の近辺には武家屋敷が多い。屋敷で働く中間《ちゅうげん》や女中を斡旋《あっせん》するのが仕事であった。

ちなみに、中間は武士と町人の中間の身分だからその名で呼ばれる。町人ではあるのだが、武家屋敷で働く間だけ木剣を腰に差して士分となる。

女中は〝女〟の敬称だ。老中や御中《おんちゅう》の〝中〟と同じである。

今日も店先には、武家屋敷で働きたいと志《こころざ》す男女が押しかけてきていた。

「オイラぁ堀田《ほった》様のお屋敷で三十年も働いたんだ。足腰だって丈夫だぜ」

などと息巻く年寄りに粘られて、若い者が辟易《へきえき》としている。

「お屋敷では『若い者を寄こせ』ってぇお指図なんだ。勘弁してくれよ」

別の若い者が、旗本屋敷からの求人を店の前に張り出している。

「兄さん、これはなんて書いてあるんだい」

「字も読めねぇような女にゃあ、お屋敷奉公は無理だ。別の仕事を探しな」

田舎から出てきたらしい中年女と、一家の若い者とのやりとりを耳にしながら、寅三は店に上がった。

「兄ィ、お帰りなせぇ」

若い者たちの挨拶を受けながら奥の座敷に向かう。襖の前の廊下で両膝を揃えた。

「寅三でございやす。千住に行って参《め》ぇりやした」

「おう。ご苦労だったな」

三右衛門の声がした。寅三は、

「是非《ぜひ》とも、お耳に入れときてぇ話がござんす」

そう言って、開いていた襖から顔を出した。

三右衛門は長火鉢の猫板《ねこいた》に書状を広げていた。クルクルと巻くと懐に入れた。

「なんでぇ。急ぎの話か」

「へい。急いでお耳に入れときてぇんで」

三右衛門は寅三を座敷に招き入れた。寅三は長火鉢の前で正座した。

火鉢には火は入っていなかった。暑い季節だからこそ、水は沸かしてから飲んだほうがいいのだが、さすがに火鉢の炭火はきつい。

「親分」

寅三は、いつも以上に陰気な顔を三右衛門に向けた。

「荒川の土手に長兵衛の骸が上がりやした」

「なんだとッ」

「使われなくなった船着き場の桟橋《さんばし》が、杭《くい》だけ残っていたんでさぁ。そこに引っかかっておりやした」

「お前ェが見つけたのか」

「南町の村田が、役人を引き連れて出張っていやがったんで」

「クソッ。南町の調べが入ったってのかい」

「長兵衛の腹を一突き。匕首の扱いに慣れた野郎の手で殺された――役人はそう見立てておりやしたぜ」

さらに寅三は、

「それだけじゃねぇんで」

と、懐から汚らしい何かを摑みだした。

「提灯か」

三右衛門が覆いを広げる。〝荒海〟の二文字が大きく書かれていた。

三右衛門が顔をしかめた。寅三も深刻な顔つきだ。

「こいつが骸の傍《そば》に落ちていやした。役人どもの目に止まる前に拾い上げておきやした」

「危ねぇところだったな」

三右衛門は提灯を睨みつけながら考え込んだ。

「親分」

寅三が声を掛ける。

「やっぱり、八巻ノ旦那に報《しら》せといたほうがいいんじゃねぇんですかい。八巻ノ旦那のお知恵を借りるしかねぇんじゃねぇかと……」

「馬鹿野郎」

三右衛門は小声で呟くように言った。いつもなら怒鳴りつけながら拳骨が出る男なのだが、あまりの深刻さにその元気もないらしい。

「こっちの体面がかかってるんだぞ。旦那に知られるなんてことが、あっちゃあならねぇ。この三右衛門の信用がガタ落ちだ」

寅三も、あえて逆らいはせず「へい」と頷いた。

「クソッ、面倒なことになってきやがったな」

三右衛門は煙管を出して莨に火をつけようとして、火鉢の炭に火がついていないことを思い出し、「クソッ」ともう一回、毒づいた。

第二章　下総《しもうさ》から来た男

一

「それ〜ッ、歌え〜、踊れ〜、それそれ〜」

吉原にある大見世《おおみせ》の大黒屋《だいこくや》。昼間は無気力怠惰《たいだ》でナメクジのように身動きの遅い卯之吉も、夜の訪れとともに絶好調となる。金扇《きんせん》を片手にクネクネと身をくねらせて踊りまくっていた。

例によって座敷には、かき集められるだけの芸人と芸者が集められ、鉦《かね》や太鼓、三味線の音を競わせている。

座敷には卯之吉の遊び仲間の、梅本源之丞《うめもとげんのじよう》と庄田朔太郎《しようださくたろう》の姿もあった。

源之丞は大髻《おおたぶさ》のかぶき者で、越後《えちご》の小藩の三男坊。大名の子ではあるが冷《ひ》や飯《めし》ぐらいの厄介者《やっかいもの》だ。

兄たちが死んだ時に備えて家に留め置かれる男子のことを厄介者という。

庄田朔太郎は寺社奉行所の大検視だ。寺社奉行は譜代大名の名門が就任する役目で、朔太郎はその重臣。主人が老中などに出世を果たせば、天下の政《まつりごと》を差配することになるかも知れない大人物であった。

もっとも、役儀に励むよりも遊んでいることのほうが多い。元々寺社奉行は暇《ひま》な役職だ。にもかかわらず寺などからの付け届けがあって金銭的には裕福である。遊ぶ時間と金だけはたっぷりあるという、良いご身分なのであった。

「困ったでげす……」

銀八が柄にもなく思案投首《しあんなげくび》していると、

「どうしたのだ」

無駄にキリッと男前の源之丞が顔を寄せてきた。

田舎大名とその家臣団（親族も含む）は、参勤交代の長旅をするので日に焼けている。

おまけに源之丞は、馬での遠駆《とおが》けや狩りなども大好きなので、身体《からだ》は筋肉質に引き締まっていた。

「あっしの伯父《おじ》が、下総の在から江戸に出て来てるんでげすがね」

「お前にも一丁前に親族などというものがあったのか」

「そりゃあ、あっしだって、木の股から生まれてきたってわけじゃねぇんでげすから」

「その伯父がどうした。堅物《かたぶつ》なのか。甥《おい》の幇間《ほうかん》稼業が気に食わぬ。村に連れ帰って百姓に叩き直してやると息まいておるのか」

「そう話を先走らねぇでおくんなさい。あっしの伯父は石頭《いしあたま》じゃあござんせんでげす」

「ならば、なにを悩んでおる」

「若旦那のことでげすよ」

銀八は、踊る卯之吉にチラッと目を向けてから、今度は二人に顔を近づけて声をひそめた。

「あっしの伯父は、うちの若旦那のことを、江戸一番の同心様だ、すごい剣の腕前の持ち主だ、なーんて、思い込んでるんでげすよ」

管弦の音がかしましいので、銀八の声は同席の芸者たちの耳には届かない。

「南町の八巻様の本性が、実は、放蕩者《ほうとうもの》の若旦那だ、なんてことが知れたら一大事でげすよ」

源之丞と朔太郎は、卯之吉の本性と正体を知る数少ない者たちだ。銀八が相談できるのはこの二人しかいない。

源之丞の気性は豪快に——悪く言えば無神経に——できている。

「知られたってかまわんだろう。どうせ下総の百姓だ」

「それはまずいな」

そう答えたのは朔太郎だ。こちらは色白で豊頬《ほうきょう》、丸顔で小太りの中年男だ。ちなみに江戸の町では、色白で丸顔、小太りが色男の条件だとされている。

朔太郎は眉《まゆ》をひそめている。

「下総には南北町奉行所の所領があるんだぜ」

町奉行所の予算源となる年貢米と、町奉行所に奉職する与力《よりき》の領地があった。同心は扶持米《ふちまい》制なので、町奉行所の所領の年貢米の内から米を支給される。

これらの年貢米を札差《ふださし》に卸《おろ》して金に換える。札差だけが裕福になる原因がここにあるわけだが、それはさておき、

「町奉行所に仕える小者《こもの》や、与力、同心の家に仕える者たちも、みんな下総からやってくるのだ。下総の土地の者に卯之さんの正体を知られたなら、南北町奉行

所じゅうに知れ渡ることになっちまうぜ」

源之丞は「ふ〜ん」と、どうでもいいと言わんばかりの返事をした。

金の力で卯之吉を同心にしてしまったのが、三国屋《みくにや》の徳右衛門《とくえもん》。仲介の労をとったのは、金権老中の本多出雲守《ほんだいずものかみ》だ。この一件が露顕《ろけん》すると、三国屋にとっても出雲守にとっても、不都合な事態となってしまう。

朔太郎は銀八に顔を向けた。

「お前《め》ェの伯父貴は、卯之さんの屋敷にゃあ、近づけさせねぇほうがいいだろうな」

「やっぱり、そうお考えになるでげすか」

朔太郎は卯之吉にチラッと横目を向けた。

「どう見たって、南北町奉行所一の辣腕《らつわん》同心や、江戸で五指に数えられる剣豪には見えねぇからな」

「まったくでげす。でも、伯父は若旦那にご挨拶《あいさつ》させろと煩《うるさ》いんで」

源之丞が答える。

「替え玉でも立てたらどうだ」

それを聞いた朔太郎はニヤニヤと笑った。

「源さんがやったらどうだい」

すると源之丞が色をなして怒った。

「冗談ではないッ。誰が町方の役人などになるものか。いっとき身代わりを務めるだけでも御免蒙《ごめんこうむ》る」

江戸で暮らす武士たちにとって町奉行所の役人は、他人のあら探しを役儀としている嫌な奴ら、なのだ。好かれることは絶対にない。

町奉行所の役人は、武士身分の者を取り調べることはできないが、現行犯逮捕することはできる。将軍家の威光を笠に着ているので、田舎大名の主従にとってはじつに煙たい。

などと言っていたその時であった。

「ああ、見つけたべぇ」

廊下からヒョッと顔を出して座敷を覗《のぞ》きこんだ田舎者がいた。

「なんでぇ、手前ぇは」

あまりの不作法に啞然《あぜん》としながら源之丞が質《ただ》した。

「へい。手前はそこにいる銀八の伯父でござんして、金五郎と申しやす」

「お前が噂の伯父貴か」

源之丞はまじまじと見た。朔太郎も驚いている。

「噂をすれば影とはこのことだな」

金五郎は断りもなく座敷に入ってきて、二人の前で正座した。

銀八もまた驚いている。

「どうしてここがわかったんでげすか」

「そりゃあお前、八丁堀の八巻様のお屋敷を訪ねて行ったからだべよ。そうしたらお屋敷から、若衆姿の女人《によにん》様が出てきなすって、『きっと吉原の大黒屋だ』と教えてくだすったので、やってきたってわけだべ」

笑顔でそう答えてから、金五郎は訝《いぶか》しげに首を傾《かし》げた。

「あの女人様は……いってぇなんなんだべなぁ。初めは『役者みてぇにお綺麗だ』と評判の八巻様ご本人かと思ったが、ありゃあどう見ても女だべよ」

「おい。よっぽど驚いたらしいぜ」

源之丞が朔太郎の耳元で囁《ささや》いた。

「あんな風体《ふうてい》は、田舎じゃあ、目にすることはないだろうからな」

「この江戸にだって、あんな女は二人といやしねぇよ」

酷《ひど》い言《い》い種《ぐさ》だ。美鈴は激しいくしゃみをしていることだろう。

金五郎が源之丞と朔太郎を見つめている。そして言った。

「そちら様は、町人に扮していなさるけれども、お侍様でございますな」

朔太郎の変装を一目で見破ったらしい。

「意外と眼力があるぞ」

源之丞は朔太郎に囁いた。

「するってぇと、お二方《ふたかた》も、町奉行所の与力様――」

「違うッ、見損なうなッ」

源之丞と朔太郎は、同時に叫んで否定した。

その声を聞きつけて、卯之吉が踊りながら顔だけをこちらにクルッと向けた。

「おや。見知らぬお人」

卯之吉は、知らぬ人間が自分の座敷にいたところで、立腹するような男ではない。金五郎もまったく物怖《ものお》じせずに、卯之吉に向かって座り直した。

「へい。手前はここに控えた銀八の伯父の――」

と、更《あらた》めて名乗った。

「ふぅん。そうかね。銀八の」

卯之吉は興味津々という顔と目つきで金五郎を見た。それからおもむろに名乗りだした。

「あたしが――」

銀八が「あっ」と声を上げた。『南町奉行所の八巻』と名乗られたら大変だからだ。

しかし案ずるまでもなかった。

「――日本橋の札差、三国屋の卯之吉だよ」

「ヘエッ、三国屋さんってのは、あの業突《ごうつく》ばり――じゃなかった、大店《おおだな》の三国屋さんですすべぇか」

三国屋は年貢にかかわる商いをしているので、当然にその悪名は公領（徳川家の直轄領）に轟《とどろ》き渡っている。

「だども、なんだってそんなお大尽《だいじん》様が――」

銀八は大急ぎで金五郎の耳元で囁いた。

「あっしが幇間をやっていた頃のご贔屓《ひいき》様でげす」

「えっ」

金五郎は仰天《ぎようてん》して目を剝《む》いて、銀八の顔を凝視した。

「お前ェみてぇな野暮《やぼ》で気の利かない田舎者が、お江戸で幇間だって？　しかも、大店の若旦那をご贔屓に摑《つか》んでたってのか！」

絶対に嘘だ。信じられない——という顔をしている。

「町奉行所の同心様の小者、という話なら、まぁ、わかるべ」

下総の村には、江戸の武家屋敷で働く者が大勢いる。その中には、あっと驚くような高位高官の身近で働く者もいた。

高名な武士の家で奉公しているからといって、それは自分の実力で高名になったわけではない。下総の百姓たちは皆、それぐらいの道理は弁《わきま》えている。

「だども、幇間芸は、手前ェで磨いて身につけるものだべ？　お前ェにそんな才覚があるとは思えねェど」

朔太郎は「うむうむ」と頷《うなず》いた。

「さすがは親類だ。銀八のことをよくわかっておる」

銀八は顔を真っ赤にして、首を横に振った。

「んなこたぁねぇ！　オラぁ、売れっ子の幇間だべよ！」

伯父に向かって食ってかかる。思わず下総の方言に戻っている。

ちなみに幇間の使う「でげす」や、花魁《おいらん》の使う「ありんす」は、生国《しょうごく》の訛《なま》りを隠すための人造語だ。

「そこまで言うんなら、お前ェよォ、この伯父さんの見ている前ェで踊りのひとつも踊ってみろ」

「おう、見てろ」

銀八は勇躍《ゆうやく》立ち上がると、着物の裾《すそ》を尻《しり》ッ端折《ぱしょ》りし直した。気合を入れるためだ。

金五郎はせせら笑いながら甥を見ている。

「オイラの目で見て、感心するほどの踊りができたら、村に連れ戻すのだけは、勘弁してやるべ」

「なに？」

と眉をひそめたのは源之丞だ。

「この伯父貴は、銀八を田舎に連れ戻すために、江戸に出てきたのか」

朔太郎が頷く。

「話の流れから察するに、そのようだな」

朔太郎は腕組みをして考えた。

「銀八の身になって考えてみりゃあ、江戸で幇間をやっているより、田舎で鍬《くわ》でも握っていたほうが良いのかもわからねぇなぁ」

今後幇間として大成するとは思えない。幇間よりも百姓仕事のほうが向いている。――銀八自身はけっしてそうは思わないだろうけれども。

銀八は「よぅし、見てろ！」と言って、立ち上がった。

「オイラの芸でギャフンと言わせてやるべ！」

両手でピシャピシャと頬を叩いて気合を入れている。

朔太郎は呆《あき》れた。

「相撲取りの立ち合いじゃねぇんだから。あんなに力《りき》んでどうするつもりだ」

肩に力の入った芸など見せられても、面白くもなんともない。

「ああいうところが、銀八の駄目《だめ》なところなんだよなぁ」

そんな囁きは銀八の耳には届かない。

卯之吉は面白そうに成り行きを見守っている。

「それじゃあ踊りなよ」

座敷の真ん中を空けて、自分は金屏風《きんびようぶ》の前に座った。芸者たちが寄り添ってお酌する。

銀八は退《ひ》くに退けない。退く気もない。

「さぁお姐《ねえ》さんがた、頼みましたよ！」

音曲を頼むと座敷の真ん中に進み出て、勇躍、踊り始めた。

ところがこの踊りが酷い。見せつけられているこちらのほうが切ない気分になってきた。

「こりゃあ酷《ひで》ぇなぁ」

伯父の金五郎の表情がたちまち歪《ゆが》んだ。朔太郎も頷かざるを得ない。

「銀八の身内の見ている前だ。顔を立ててやりたいところだが……」

褒《ほ》めてやれるところがどこにもない。渋い表情で黙り込み、踊りが終わるのを待つしかない。なんとも辛い時間だ。

銀八もこの微妙な空気を察している。なんとか笑いを取り返そうとして、目を剝き、冷や汗を滴《したた》らせながら滑稽《こっけい》を演じているが、その様子がますます見苦しい。

人が失敗をしでかし、その失態を挽回しようと苦心惨憺《さんたん》している姿、というものは、見ていて気持ちの良いものではない。

銀八の芸は、見ている者の心に重い負担を強《し》いる芸なのだ。哀れで、可哀相で、顔を背《そむ》けたくなる芸なのだった。

「ああ〜、見ちゃいられねぇや」

朔太郎はきつく目を閉じて首を横に振った。

ようやく管弦が鳴りやんだ。宴会の場は、まるでお通夜のように静まり返っている。長い無言に耐えかねて、朔太郎はひとつ、咳払《せきばら》いをした。

卯之吉だけが一人、金屏風の前で微笑《ほほえ》んでいる。

「ここまで突き抜けた芸を披露できるのは、広いお江戸でも、銀八ひとりだけだろうねぇ」

下手《へた》の方向に突き抜けた芸であることは確かだろう。

芸事としては間違った方向性だが、確かに、無二で随一《ずいいち》の下手くそさではある。卯之吉は、銀八の芸事のこういうところを愛しているのに違いない。

江戸の粋人《すいじん》たちは酔狂者である。一般人には理解のできない物事を珍重《ちんちょう》する。鶯《うぐいす》の鳴き声は美しい。その美しさは素人《しろうと》でもわかる。だから鶯を愛《め》でるのは素人だ。

粋人は違う。例えば鶉《うずら》の鳴き声を珍重する。

鶉の鳴き声は美しくない。姿も茶色で可愛らしくはない。

それなのに江戸の粋人たちは、愛玩《あいがん》の鶉を持ち寄っては吉原などに集って、緋《ひ》毛氈《もうせん》の上に鳥籠《とりかご》を並べては、鳴き声の競い合わせなどというものを真面目《まじめ》な顔で楽しんでいる。

粋も過ぎると価値観が常人とかけ離れてくる。そこまでの粋に達していない朔太郎には理解不能だ。

（下手の番付があるならば、確かに銀八は、江戸の最高位に違《ちげ》ぇねぇや）

この『天晴《あっぱ》れな下手くそぶり』を卯之吉は寵愛《ちょうあい》しているのに違いない。理解できないし、理解したくもないノリであった。

伯父の金五郎も、理解できない一人であったようだ。

座敷の真ん中に進んできて、卯之吉に向かって深々とお辞儀をした。

「とんでもねぇものをお見せして、大ぇ事《でえじ》なお目を汚しやした。コイツはオイラの甥。親族にごぜぇやす。親族一同に成り代わり、お詫《わ》び申し上げますだ」

まるで罪人の親族になったかのような、苦渋に満ちた顔つきで詫びた。

源之丞や朔太郎のほうにも座り直してお辞儀する。

朔太郎は、なんと声をかけたものかと思案したが、なにも言葉が出てこない。

どんな励ましも、おためごかしも、金五郎の慰《なぐさ》めにはならないだろうと理解していた。

金五郎は腰帯を締め直しながら立ち上がった。

「甥のしくじりは、あっしが取り返させていただきますだ」

着物の裾を腰帯の後ろに引っ張り上げて尻ッ端折りした。

「おいおい、なにを始める気だ」

源之丞が呟《つぶや》いた。朔太郎にもわからない。

金五郎は一同に向かって低頭した。

「下総の百姓踊りにございます。それーっ」

良い声で田植え歌を歌いながら、畳の上で腰を屈めた。どうやら、田植えの姿を座敷で再現しようとしているらしい。

「日光も〜、筑波の雪も融けたべな〜。それ、田圃《たんぼ》に水引け、水引けやぁ〜」

源之丞は「ふむ」と頷いた。

「百姓にしては、良い喉《のど》をしておるな」

水を引き入れた田圃の土を混ぜ返す。深い泥に足を取られて、さんざん難渋《なんじゅう》した挙げ句、尻餅《しりもち》をついて泥だらけ——という姿を金五郎は演じている。さんざん失敗を繰り返す百姓親仁《おやじ》の姿に、芸者や芸人もつられて笑った。

三味線や鉦、太鼓を担当する芸人たちは、皆、玄人《くろうと》だ。金五郎の歌に合わせて上手に伴奏を開始した。

銀八が静まり返らせた宴席が、たちまちにして笑顔と賑わいを取り戻した。

金五郎は、手足を蛭《ひる》に食いつかれて難渋したり、泥鰌《どじょう》を掬《すく》おうと奮闘したりと大熱演だ。玄人のはずの芸人たちまで笑いを堪《こら》えきれずに、伴奏の拍子《ひょうし》を外してしまうほどだった。

大笑いを誘ったあとで、金五郎は、

「とんだお目汚しでございましたべ」

座敷の真ん中で正座してお辞儀をした。皆は惜しみない拍手をおくった。まさに大絶賛であった。

「お上手でありんすなぁ」

「どちらでお座敷を務めていなさった太夫《たゆう》さんでありんすか」

芸者たちが金五郎に訊《たず》ねた。

金五郎は懐《ふところ》から手拭いを出して、顔の汗を拭いながら照れた。

「いやぁ、あっしのは、まるっきりの素人芸で……。お武家屋敷でのご奉公で、殿様や奥方様の無聊《ぶりょう》を慰めて差し上げるために、謡《うた》ったり踊ったりして見せていただけだべ」

源之丞が「むむッ」と唸《うな》る。

「つまるところは隠し芸か」

「どんな所にも、名人上手が隠れているものだなぁ」

朔太郎も感心した。

この伯父の才能を受け継いだなら、銀八も売れっ子の幇間になれたであろうに、残念なことである――と思ったけれども、黙っていた。

銀八は、まったく面目《めんぼく》のない顔で縮こまっている。

卯之吉は盃を手にして微笑している。

金銭にあかせて当代一との名声を得る名人上手の芸事を〝飽きるほどに〟見てきた卯之吉にとっては、さして興を誘うほどの芸ではなかったのかもしれなかった。

いずれにしても金五郎の登場で宴席はこれまでにない盛り上がりを見せ、銀八はますます身の置き所のないことになってしまった。

二

若衆役者の由利之丞《ゆりのじょう》は、深川《ふかがわ》の低湿地のあばら家に住み暮らしている。

顔と姿は良いのだが、踊りと芝居がまったく酷い。あまりに下手なものだから舞台全体の評判にまで響いてしまう。そうなると他の役者たちから嫌われて、共演を断られるようになる。舞台に上げてもらえない。

役者が舞台に上げてもらえないのでは、銭を稼ぐことができない。仕方なく由利之丞は陰間茶屋《かげまぢゃや》で働いている。

馴染《なじ》みの客の水谷弥五郎《みずたにやごろう》とはずいぶんな腐れ縁だ。つまりはそれほど長い間、売れない期間が続いている、ということでもあった。

「えっ、オイラに、また、若旦那の身代わりを務めろってのかい」

莚《むしろ》の上であぐらをかいて、蚊《か》に刺された腕をかきながら、由利之丞が愛らしい唇を尖《とが》らせた。

本所《ほんじょ》と深川には湿地が多い。おまけにこのあばら家は壁にいくつもの穴があいていた。夏場の風通しは良いけれども、藪蚊《やぶか》の類《たぐい》もじつに多かった。

由利之丞は腕にたかった蚊をピシャリと叩いた。

「若旦那の身代わりを務めると、いつも死ぬような目に遭《あ》わされるからな」

なにしろ八巻同心は江戸一番の辣腕同心（ということになっている）。命を付け狙う悪党も多い。

卯之吉は、そんなことなど露知らずに呑気《のんき》に遊び暮らしているが、そのぶんの危険を由利之丞が、何故か、背負わされることとなっていた。

「そう言わねえで、お願いするでげすよ。それに今度は、危ない話ではねぇんでげすから」

銀八はかいつまんで、事の次第を告げた。

「……というわけで、あっしの伯父には、若旦那を引き合わせるわけにはいかねぇんでげす。でも、伯父は、若旦那にご挨拶させろ、と煩《うるさ》いんで」

「なるほど、おおよその話は飲みこんだ」

頷いたのは、横で聞いていた水谷弥五郎だ。

用心棒稼業の浪人で、剣の使い手。人斬り同心、八巻卯之吉の名声を陰で支える裏方である。

厳《いか》めしげな顔つきの大男だが、大の若衆好き、衆道《しゅどう》好きで、由利之丞の側から離れない。そのかわりに女人は大の苦手である。

「確かに、放蕩者の八巻氏《うじ》の姿を先に見られたのはまずかったな」

「そうなんでげすよ。今さら若旦那を同心の八巻様として引き合わせるわけにゃあ、いかねぇでげす。どんな田舎者でも『こりゃあ、おかしいぞ』と感じ取るでげす」

由利之丞は欠伸《あくび》をひとつ漏らした。

「オイラにゃあ、関わりないよ」

「何を言うか。関わりはおおありだぞ」

水谷弥五郎が由利之丞に顔を向ける。

「八巻氏の正体が放蕩者の若旦那であったと知られてみろ。八巻氏の武名《ぶみよう》を恐れて江戸を離れておった悪党どもが舞い戻ってくる。盛り場を悪党がうろつくようになり、お前たちのような稼業の者にたかろうとして、嫌がらせなどを仕掛けてくるに相違ない」

「なるほどね」

銀八は頭を下げた。

「お願いするでげすよ。お江戸とあっしとを助けると思って、手を貸しておくんなさい」

由利之丞は「ふぅん」と考え込む様子だ。

「それで、この件は、若旦那もご承知なんだろうね」

「どういう意味でげすかね？」

由利之丞は鼻の穴を広げて銀八に迫る。

「若旦那もご承知なのなら、若旦那の代わりを務めあげれば、大枚のご褒美《ほうび》を頂戴《ちょうだい》できるけどね、銀八さんの頼みを聞いてやったって、銭になりそうにないじゃないか」

由利之丞はとかく金ずくなのである。銭のためなら危険な仕事も買って出るが、銭にならない仕事は一顧《いっこ》だにしない。そういう意味では情け容赦《ようしゃ》のない男だ。

「いや……、その……」

「その様子じゃあ、銭にならない仕事のようだね。お帰りよ」

「けんもほろろでげす」

「まぁ待て」

見かねて水谷が取りなしに入った。

「ともあれ、今の我らには銭がない。銭のなさでは銀八よりも上、いいや、下だ。そろそろ八巻氏のところへ顔を出して、仕事がないかどうか訊ねるつもりであったのだ。八巻氏の屋敷まで、行くだけは行ってみようではないか」

「なんだか骨折り損に終わりそうな気がするけどね」

「八巻氏には、わしの口から、お前が身代わりを務めることの大切さを伝えよう。八巻氏は、他人の働きにはきちんと金銭で報《むく》いる男だ」

「そういうことなら……、ここで燻《くすぶ》っていても仕方がない。八丁堀まで足を伸ばしてみようか」

銀八は平身低頭だ。

「ありがたいでげす！　いよっ、水谷大明神ッ。由利之丞大権現ッ。後光《ごこう》が射して見えるでげすよッ」

いつもながらの下手なヨイショだ。二人は顔を見合わせた。


「さぁ、これに着替えるでげす」

銀八は由利之丞に、三ツ紋つきの黒羽織を着せ掛けた。

八丁堀の八巻屋敷。

「まもなく伯父がやってくるでげす。さぁ、急ぐでげすよ」

「それはいいけど、若旦那はどうしてるのさ」

「まだ奥で寝ていなさるでげす」

時刻はそろそろ九ツ（正午）になろうとしている。

由利之丞は呆れた。

「とんだ同心様がいたもんだなぁ」

「でも、お陰で伯父と若旦那を鉢合わせさせずにすむでげす。今日ばかりは若旦那の寝坊に感謝しないといけないでげす」

由利之丞は羽織の紐《ひも》を結んだ。髪は武士らしい小銀杏《こいちょう》に結い直してある。武士と町人とでは髷《まげ》の形が違うので、いちいち面倒臭い。

由利之丞はためつすがめつ、手鏡で自分の顔と髷を確かめている。役者になるぐらいなので、自己愛がじつに深い。鏡を見つめだすと止まらない。

「大丈夫でげすよ」

銀八は手鏡を取り上げた。

「十手《じって》はないのかい」

どうやら朱房《しゅぶさ》の十手を腰に差したいようだ。

しかし十手は、定町廻《じょうまちまわり》の同心だけが差している物で、他の役儀に就いている者には支給されない。

そこへ美鈴が入ってきた。

「金五郎さんが――」

「おうッ！　ご到来かい。上がってもらいな」

由利之丞が芝居に入って言い放ったので、美鈴も呆れた顔をした。

「お初にお目に掛かりまする。手前が銀八の伯父、下総在の百姓、金五郎にごぜえやす」

金五郎が台所の板の間で平伏した。由利之丞は敷居を隔《へだ》てた別室の畳の上に座っている。

「おうッ。話は聞いてるぜ。下総の在郷から江戸まで遥々《はるばる》と、ご苦労だったな」

堂々と声をかけた。

同心を演じる由利之丞が畳の部屋に座り、金五郎が台所の板敷《いたじき》に座らされているのは身分の隔《へだ》てがあるからだ。金五郎は本百姓なので、まだしもましな扱いで、小作農だと三和土《たたき》の地べたに土下座《どげざ》させられる。

本来ならば由利之丞も土下座をさせられる側だ。それが畳に座っているので、由利之丞はご満悦、天にも昇りそうな顔つきとなっていた。

卯之吉の身代わりを演じることにも慣れている。しかし銀八は気が気ではなかった。由利之丞がお調子のりだということを知っていたからだ。芝居のしすぎでヘマをやらかすのはいつものことだ。

台所の竈《かまど》の前では美鈴が、台所の隅では水谷弥五郎が、心配そうに見守っている。由利之丞がまずいことを口にしそうになったら、すかさず横から口を出して誤魔化《ごまか》そうという算段だ。

「それじゃあ伯父さん。うちの八巻様は忙しい身だから、挨拶がすんだら旅籠《はたご》に帰っておくんなさい」

銀八はそう言った。由利之丞のボロが出ないうちに伯父を追い返すに限る。

すると由利之丞が「おいおい」と笑った。

「そう邪険《じゃけん》にするもんじゃねぇ。お前ェの伯父なら、この八巻にとっても、親類みてぇなもんだ。ゆっくりしてゆきねぇな」

「いやいや、八巻様――」

「金五郎も、この八巻の手柄話を聞きてぇことだろうよ。とっくりと聞かせてくれようから、田舎への土産《みやげ》話にするがいいぜ」

銀八は「あわわ」と慌てた。

由利之丞は自己愛を満たすために、あることないこと――というより、ないことないこと、喋《しゃべ》りまくるつもりなのだ。

由利之丞はここしばらく舞台に上がっていない。他人から拍手喝采《かっさい》されることに飢えている。作り話でもかまわないから、誉めそやされたいのだ。

いくら田舎者でも、由利之丞のホラ話を聞かされれば、何か変だと気づくに違いない。まして金五郎は江戸で働いていたこともあるという。

「お、伯父さん、八巻様は辣腕同心様でげすから、こう見えてなかなかにお忙しい身でげす！　長居をしては、ならねぇでげす！」

「なぁに。遠慮はいらねぇよ」

「八巻様がそう仰《おっしゃ》っていても、江戸の町人たちに遠慮しなくちゃならねぇでげすよ！　町奉行所の役人様は、江戸の町人みんなが頼りとしているんでげすから」

「幸い今日は町人の挨拶も来ていねぇようだ。案ずるには及ばねぇぞ」

あんたは黙っててくれ──と、あやうく〝八巻同心〟を怒鳴りつけるところであった。寸前で思いとどまった。

金五郎が笑みを浮かべつつ答えた。

「へい。長居をするつもりで参ったんじゃございませんので。コイツのこれからの身の振り方について、お許しを願おうと思って、参じやした」

由利之丞が同心芝居に入ったままの姿で首を傾《かし》げた。

「身の振り方だと？　どういった話だい」

「コイツももういい歳《とし》でごぜぇやす。そろそろ身を固めさせてやらにゃあならねぇ。そう、親戚一同で思案いたしやして」

「よ、嫁取りかいッ？」

由利之丞が目を丸くした。それから銀八の顔をまじまじと見つめた。銀八と嫁取りという言葉が、なかなか結びつかなかったのに違いない。

銀八も愕然《がくぜん》としている。

普段の銀八ならここで「びっくり仰天、有頂天《うちょうてん》！」などと叫びながら大仰《おおぎょう》にひっくり返って見せて、場の笑いを誘うところなのだが（誘えるかどうかは別として）、この時ばかりは真面目な顔で正座したまま伯父の顔を凝視している。

銀八のような男でも、本気で驚くと素に戻ってしまうらしい。

由利之丞は素に戻らず、芝居に入ったまま、黒羽織の袖の中で腕組みをした。

「そいつぁめでてぇ話だ。コイツのためにも喜んでやりてぇところだが……、それならこの場で暇《いとま》をくれてやる――ってわけにもいかねぇ」

卯之吉と相談しなければならない。銀八の雇い主は卯之吉なのだから。

「銀八に嫁を取らせて百姓に戻す……って話なのかい」

江戸で幇間や役者などをしている男は、生国の村で田畑《でんぱた》を相続できなかった次男坊や三男坊だと相場が決まっている。父の田畑を相続できず、村では農業ができないから、江戸や大坂などの都市で働くのだ。

ところがこの時代の人々は病気や怪我ですぐに死んでしまう。兄が死んだら弟が村に戻って、父より受け継いだ田畑を耕す。そういう話か——と由利之丞は問うたわけだ。

金五郎は言葉を濁した。

「すぐさまコイツを連れて戻らにゃならねぇって話でもございませんので。八巻様におかれましても、急に小者が暇を取ったらお困りでございましょう。まずはおいおいと、この話をお含みおき願いたいと思った次第でございまして」

「そうかい。それなら良かった。こっちも相談するとしよう」

「えっ、どなたと」

「いいや、なんでもねぇ。……ともあれ、話はわかったぜ。やい銀八」

由利之丞は銀八に笑顔を向けた。白い歯がキラリと光る。

「お前ェにとっちゃあ、めでてぇ話だ。嫁の話が来るのも、お前ェの忠節が天に届いたからに違ぇねぇぜ。『陰徳あれば必ず陽報あり』とは、このことだ。良かったなぁ」

芝居の台詞《せりふ》で憶《おぼ》えたとおぼしき難しい言葉を喋りまくる。すっかり同心芝居に浸りきり、目を細めて「うんうん」と頷いた。

人の気も知らず、何を偉そうに言ってるんだ、と、銀八は思った。

由利之丞の大根芝居でなんとかこの場は取り繕《つくろ》うことができたようだ。金五郎は旅籠に戻って行った。

「ああ、困ったでげす」

銀八は頭を抱えた。

「なにが困るのだ」

そう言ったのは水谷弥五郎だ。

「良い話ではないか」

女嫌いで衆道好きの水谷弥五郎も、他人の結婚であるならば、めでたいことだと感じるらしい。

「そうよ。とってもおめでたい」

美鈴も火照《ほて》った顔でそう言った。凄《すさ》まじい剣の使い手であろうとも、うら若き乙女。恋愛だの結婚だのといった話には心が蕩《とろ》けてしまうらしい。

「そうは言われても、急に話を持ってこられても……」

銀八は悩んでいる。心の準備が出来ていない。

由利之丞は畳の上で大胡坐《おおあぐら》をかいている。

「相手は、どんな女なんだい」

「知らねぇでげす」

この時代の結婚は、当人たちが知らないところで親類縁者が決めるものだ。極端な話だと、結婚当日まで会ったことがない、などという話まであった。

「それにしたって、見合いぐらいはするんだろう？」

由利之丞が言った瞬間、銀八は「あっ」と叫んだ。

その場の三人が、興味津々、銀八の顔を覗きこんだ。

由利之丞はニヤニヤと笑った。

「はは～ん。心当たりがあるんだ？」

「いや……！　そんな、なにもねぇでげすッ」

居たたまれなくなって、銀八は台所から逃げ出した。

その後ろ姿を見送りながら水谷弥五郎は、

「どうやら、それとなく、引き合わされておったようだな」

と言った。

「それに気づかないとは、気が利かない銀八さんらしいや」

由利之丞が鼻先で笑う。

「それはさておき、オイラの同心芝居はどうだった？　すっかり板についたもんじゃないか。見事だったよねぇ」

「己で言うか」

「若旦那はまだ起きてこないみたいだし、こんなことなら毎日だって、若旦那の身代わりを務めてやってもいいよね」

畳の上から偉そうに他人を見下ろすことが、よほど気に入ったらしい。水谷弥五郎も美鈴も呆れてものも言えない。

と、その時、

「頼もうッ」

台所口から猛々《たけだけ》しい大声が響いてきた。

「拙者、常陸国《ひたちのくに》は土浦《つちうら》の浪人、峰岸文吾衛門《みねぎしぶんごえもん》と申す！　高名なる八巻殿との立ち合いを所望《しよもう》いたす！　いざ、尋常に勝負勝負！」

胴間声《どうまごえ》が屋敷の全体を揺さぶった。

「な、なんだいッ？」

由利之丞は顔色を変えた。水谷弥五郎は渋い顔をしている。

「どうやら……八巻氏を倒すことで、己の武名を高らしめようという手合いのようだな」

「道場破りみたいなもん？」

美鈴も頰を膨《ふく》らませている。

「またですか。迷惑千万な話です」

水谷弥五郎はニヤニヤと、人が悪そうに笑った。

「早速の来客だぞ。八巻氏になりきって対応して来い」

「じょ、冗談じゃないよ！」

「今、己の口から『八巻氏の身代わりをいつでも務めてやる』と言ったばかりではないか」

由利之丞は台所の窓からそっと外を覗いた。無精髭《ぶしようひげ》の長く伸びた、旅姿の浪人者がギロギロと目を怒《いか》らせながら立っている。凄まじく強そうだ。役者の由利之丞など、刀を使うまでもなく、拳ひとつで撲殺できそうに思えた。

「弥五さん、助けて……！」

由利之丞が水谷にしがみつく。途端に水谷はだらしなく鼻の下を伸ばした。

「仕方がないのう」

可愛い由利之丞にはどこまでも甘い水谷弥五郎なのだ。

「仕方がないのはあなたのほうです」

美鈴がそう言ったが、水谷弥五郎の耳には届かない。のし歩いて表に出て行った。

「拙者は上州《じょうしゅう》浪人、水谷弥五郎。八巻先生の門人である。まずは拙者と立ち合われよ。拙者に勝ちを得るようならば、八巻先生が稽古《けいこ》をつけてくださるだろう」

〝稽古をつける〟とは慣用句で、この場合は試合をしてやる、という意味だ。

「面白い」

峰岸と名乗った浪人は、自信たっぷりに受けて立った。

由利之丞は美鈴に訊ねた。

「どっちが強いと思う……？　弥五さんが負けたら、オイラが戦わなくちゃならないのかい？」

美鈴も武芸の達人だ。彼我《ひが》の実力を量《はか》っている。

「水谷さんのほうが強いでしょうね」

「そうかい」

美鈴がそう言うのなら大丈夫だろう。由利之丞はホッと息をついた。

それから堂々と表に出て行った。

「おう。オイラが八巻だ。峰岸サンとやら、遠い所からよくぞ訪ねてきてくれたな。さぁ、二人とも存分に立ち合うがいいぜ。勝ったほうに稽古をつけてやろうじゃねぇか」

美鈴は呆れてガックリと脱力した。

三

銀八は三番町へと通じる坂道を上って行った。

外堀の北側の大地の上には、徳川の旗本の屋敷が建ち並んでいる。徳川家の武士のことを〝番〟と呼んだことから、この旗本街は番町《ばんちょう》と呼ばれるようになった。東から、一番町《いちばんちょう》、二番町《にばんちょう》、三番町と連なっている。

ちなみに徳川家の武士たちの役目は、おおきく番方と役方とに分けられる。番方が軍人で、役方が役人（行政担当）だ。

江戸時代は平和で、番方は門番や留守番ぐらいしか役目がなかった。それゆえ〝番をする〟というと、見張りや守備をすることと同義になってしまったわけだが、敵に斬り込んだり、城を攻め落とすのも番の務めだ。〝番をする〟には、敵を攻めるという意味も最初はあったはずなのだ。

その番方たちの屋敷の中を進んでいく。高台の上にあって風が通るので、いくぶんかは過ごしやすい土地柄であった。

（おようちゃんが奉公するお屋敷は、この辺りか）

屋敷の門や築地塀《ついじべい》をキョロキョロと見上げて歩く。まるで田舎から出てきたお上《のぼ》りさんだ。

銀八はこれでも町方同心の小者なので、町人地ならば土地勘があった。細い路地も良く知っている。

しかし、武家地の防犯は町奉行所の管轄ではない。武士たち自身が辻番《つじばん》を建てて治安の維持に当たっている。

そのため、銀八も、番町の地理には疎《うと》い。

（どっちを見ても、似たようなお屋敷ばっかりでげすな）

商家ならば看板を出してくれるからわかるのだが、武家屋敷には看板などはかかっていない。誰の屋敷なのかわからない。

「おい、そこのお前」

突然に誰何《すいか》された。道に面して建てられた辻番から、武士がこちらを睨《にら》んでいた。

「先ほどから見ておれば、そのほう、道を行ったり来たりしておるようだな。胡《う》乱《ろん》な奴じゃ。さては盗《ぬす》っ人《と》の下調べか」

「と、とんでもねぇ」

銀八は慌てて両手を振った。

口調から察するに、近くにある大名屋敷の武士であるようだ。これは危険だ。田舎大名の武士は乱暴である。江戸では町人が大手を振って歩いている。町人が持つ金の力が武士を圧倒しつつある世の中だが、地方では武士はまだまだ偉い。未《いま》だに〝斬り捨て御免〟がまかり通っている土地もあると聞いた。

そんな地方から出てきた武士は、町人に乱暴することに躊躇《ちゅうちょ》しない。殴られたりしたら大損であった。

「盗っ人どころか、あっしはそっちを捕まえるほうの者でして」

「なんだと」

「南町の同心様の手下なんでございますよ」

こんな時のために卯之吉の手札を借りてきていた。手札とは名刺のことだ。同心の手下として働く者たちは皆、同心の手札を見せることで、身分の証明としていた。

辻番小屋から若い武士が二人出てきた。小屋は狭くて二人が詰めるだけで精一杯だ。二人は銀八が示した手札を一瞥《いちべつ》するなり、

「南町の八巻……！」

そう言って、絶句した。

南町の八巻同心は、筆頭老中、本多出雲守の懐刀《ふところがたな》だと目されている。昨今評判の大活躍も、老中直々《じきじき》の密命を受けてのことだと囁かれていた。

傲岸《ごうがん》不遜《ふそん》の大名貸し（大名相手の高利貸し）三国屋徳右衛門でさえ、南町の八巻の前では平身低頭。大金の賄賂《わいろ》を贈ってご機嫌を窺《うかが》っている。

田舎大名でも八巻の勇名は知っていた。否、田舎大名だからこそ、八巻のような存在が恐ろしいのだ。

武士の二人は総身《そうみ》に戦慄《せんりつ》を走らせて後ずさりをした。

しかし銀八は、幇間になるのに相応《ふさわ》しくないほどに鈍い男なので、二人の態度の変化を見ても、特に何も感じることはなかった。

「そのぅ、あっしは、お旗本の柳井越前《やないえちぜん》様のお屋敷を探しているんでげすけれど。ご存じなら教えてくださいませんでげすか」

「や、柳井越前殿の屋敷なら、この道を真っ直ぐに行って、二軒目じゃ」

「左様《さよう》でげすか。ご親切に教えてくださって、ありがとうございますでげす」

銀八は丁寧に頭を下げると、急いで辻番の前から離れた。

「どうやら殴られないですんだでげす……」

懐から手拭いを出して汗を拭った。


「南町の八巻の手下か……！」

辻番の二人は、いまだ戦慄から醒《さ》めやらない。

「し、しかし、まるで幇間のような物腰だったぞ。評判の八巻の手下にしては、間の抜けた姿ではなかったか」

「何を申すか。あれこそが、悪党どもに気づかれずして内偵を進めるための変化《へんげ》に相違あるまい。ううむ。南町の八巻、恐るべし！　手下までもが見事に幇間を演じきるとは……！」

二人はますます怖《お》じ気《け》をふるった様子であった。


銀八は屋敷の門の前に立った。

（ここに、おようちゃんがいるんでげすか……）

伯父の金五郎の口利きで奉公を始めた——とのことだ。

武家屋敷への奉公とは、この時代の感覚では〝教育〟である。学校に入学させるのと同じだ。

娘たちは奉公を通じて行儀作法を憶え、料理や掃除の仕方や金銭感覚を身につける。あるいは（金五郎がそうであったように）踊りや楽器の演奏などを習得する。

娘が武家奉公を始めたということは、彼女にとっての嫁入りの時期に差しかかったということでもあるのだ。

（奉公を終えたなら、あっしのお嫁さんになるんでげすか）

なんだか夢のような話だ。

銀八はガラにもなく、胸のキュンと高鳴るような、あるいは切なくてたまらないような、不思議な感覚をおぼえていた。

しかし門を眺めていても、どうなるものでもない。

(それにしても、大きな門でげすな)

白壁《しらかべ》の築地塀に高麗門《こうらいもん》。この格式から察するに、禄高《ろくだか》千石を超える大身《たいしん》旗本に違いない。

銀八は塀に沿って屋敷の裏手に回ってみた。勝手口がある。おようが働く台所は勝手口の奥にあるはずだ。

(おようちゃん、出てきてくれねぇかなぁ)

台所で働く新米の女中であるならば、お使いを命じられることもある。ここで待っていれば、いつかは顔を合わせるかもしれない。

「あら、銀八さん。ここで何してらっしゃるの?——なんつってな。そうしたらあっしはどんな顔をすりゃあいいんでげすかね」

何をすればいいのかわからない、というところが、銀八のまずいところだ。幇間という職業に向いていない。

芸達者な幇間なら、人気役者の顔真似《かおまね》や声真似をして、若い娘の歓心を惹《ひ》くであろう。二枚目役者の声色を真似てやれば、娘っ子たちは大喜びする。

しかし芸の無い銀八は、そんな気の利いた真似はできない。

銀八は所在無さそうに、台所口の前をウロウロと徘徊《はいかい》し続けた。


（アイツは銀八じゃねェか）

武家屋敷の塀の角に身を潜めながら、銀八に鋭い眼光を向ける者があった。

（なんだって銀八が、こんな所にいやがるんだい）

息をひそめて銀八を睨んだその男は、荒海一家の代貸、寅三であった。

その眼光がますます険しく尖《とが》っていく。

（八巻ノ旦那のお言いつけで、探りを入れに来たってのかい……）

まさか、と思いたい。長兵衛の骸《むくろ》が上がったのは今朝のことだ。たったの半日で、お調べの手が番町まで伸びてくるとは思いがたい。

だが、それが八巻同心の凄《すご》みなのだ。頭の切れと洞察力が尋常ではない。江戸中の悪党どもから〝千里眼〟と呼ばれて恐れられているほどだ。

（面倒なことになったぜ……。八巻ノ旦那の目を盗んで働くなんざ、そうそうできることじゃねぇ）

寅三はいっそう用心して身を隠した。

銀八はひょっとこみたいな顔で、路地を行ったり来たりしている。いったい何をしているのか、と思っていたら、武家屋敷の塀の勝手口が開かれて、中から一人の娘が出てきた。


「銀八さん？」

その娘、おようは、銀八の顔を見て驚いた。

お世辞にも器量が良いとは言えないが、目を見開いたところはなかなかの愛《あい》嬌《きょう》が感じられる。

逆に、あまり器量の良すぎる娘はよろしくない。屋敷の主人に手をつけられる恐れが大、だからだ。酷い目に遭って泣きを見ている娘は数知れない。あるいは側室にちゃっかりと収まって、村に残した恋人に泣きを見させている娘も数知れなかった。

銀八はおようの器量が良くないことに、かえって安堵《あんど》している。

「お、おようちゃん……。こっ、こんな所で、奉公していたのかいッ」

銀八は、上擦《うわず》った声でそう言った。満面からダラーッと汗が溢《あふ》れ出てきた。

ここで待っていればおようは必ず出てくるはず——その目論見《もくろみ》が見事に当たって、おようと会うことができた。

しかし、心の臓が口から飛び出してきそうになっていて、まともな挨拶すらできない。

「およっ、およおよっ」

おようは不思議そうに、銀八の顔を見上げている。

「銀八さんはどうしてここに？　あっ、八巻様のお使いなのね」

「えっ。あっ、そうだ」

おようは何を思ったのか、急に笑みを浮かべた。

「金五郎おじさんから聞いたわ。八巻様って、お役者みたいにお綺麗《きれい》なお人なんですってね」

それは由利之丞のことだ。役者なんだから、役者みたいに綺麗で当然である。

「そのうち、オイラが引き合わせてやるよ」

銀八はおようの気を引こうとして、そう言った。

若い娘を役者なんぞに引き合わせたらどうなるか、想像することもできないらしい。

「わぁ、ありがとう！」
およう は パッと顔を綻《ほころ》ばせた。それを見た銀八も大満足だ。自分が何をしてしまったのか、まったく理解していない。

（銀八め、奉公の女中と繋《つな》ぎをつけているようだな）

やっぱりだ。屋敷内に探りを入れているのに違いない。

（厄介なことになってきやがったぞ）

寅三も焦りを隠せない。

（ともあれ、このことは、親分にすぐに報《しら》せなくちゃならねぇ）

踵《きびす》を返して足早に歩きだしたその時であった。

「おい、お前。そこで何をしておる」

居丈高《いたけだか》な声を背後から掛けられた。

寅三が振り返ると、そこには、辻番小屋の武士が二人立っていた。先ほど銀八を呼び止めた二人と同じ人物なのだが、そこまでは寅三は知らない。

相手を武士の二人と見て取って、寅三は恭謙《きようけん》を装《よそお》って腰を屈めた。江戸は武士の町である。武士に逆らっても、良いことなどは何もない。

武士の二人は寅三を囲むようにして立った。

「またぞろ怪しい者が徘徊《はいかい》しておるな。今日はなんの厄日《やくび》だ」

武士の一人が、もう一人に向かって言った。

確かに寅三は、殺気を満面に張り付けたやくざ者である。実は今もこっそりと懐に匕首《あいくち》を隠し持っている。怪しい者呼ばわりされても仕方がない。

しかし「はい。怪しい者です」とは答えない。

「怪しい者《モン》じゃあござんせん。あっしは――」

八巻同心の手札を示そうとして、考え直した。

「口入れ屋を営む荒海一家の者でござんす。お武家様のお屋敷に奉公人を口入れしておりやして、そのご用命を伺《うかが》うために、お屋敷を回っているのでござんす」

「なるほど口入れ屋か」

そう言い掛けて、武士の一人は、何事か思い当たった顔つきで「あっ」と叫んだ。

「口入れ屋の荒海一家と申せば……」

「どうしたのじゃ」

もう一人が怪訝《けげん》な顔をする。

武士はもう一人に急いで耳打ちした。するともう一人の顔つきも一瞬にして変わった。

「またもや、南町の八巻！」

荒海一家が八巻同心の手下として働いている、という事実は、田舎大名の末端にまで伝わっていたらしい。

「ご、御用の筋ならばかまわぬ。ゆ、行けッ」

行けと言いながら、自分たちのほうから逃げて行った。

どうやら、八巻の手下という身分を隠したことは、無駄だったようだ。

寅三は無表情に二人の武士を見送って、赤坂新町のほうへ歩みだした。


銀八とおようは二人で歩き出した。

おようはお使いに出されたのだ。裏口で立ち話をしていたら、古株の女中に叱られる。

「銀八さんは八巻様の御用で来たのでしょう。あたしなんかにかまっていたら叱られる」

おようが銀八を案じてそう言った。心配してもらった銀八は、天にも昇る心地となった。

「なぁに。大《で》ェ丈夫《じょうぶ》さ。八巻の旦那も、日頃のオイラの働きに免じて、大目に見てくださる」

「そう。すごいのね」

「それよりおようちゃんが道に迷わないか、そっちのほうが心配だ。江戸の小路は込み入ってるからな。田舎から出て来たばかりのおようちゃんじゃ、すぐに迷っちまうよ」

いっぱしの江戸っ子のような口を利く。ちなみに江戸っ子とは、三代以上、江戸で続いた家の者のことだ。

「でも……」

「お江戸にゃあ、悪い奴らもいっぱいいるんだ。千住宿での騒動を見ただろう。一人で歩くのは剣呑《けんのん》だぜ」

奉公の娘たちも商家の丁稚《でっち》小僧も、なんの危険もなく一人で歩いているのだが。的外《まとはず》れなことを言っているという自覚は、例によって、ない。

下総から出てきたばかりのおようも、不安に感じていないことはなかったようだ。内心ホッとした様子で、銀八の後ろについてきた。

「お屋敷奉公で、困ったことはねぇかい」

銀八は、不自然な二枚目を気取って訊ねた。まるでドサ廻りの三文役者《さんもん》のように締まりのない見得《みえ》だ。

「困ったことがあったなら、いつでも、八丁堀のオイラの所まで相談に来るがいいぜ」

およウはコクリと頷いた。

「オイラの旦那はご老中様とも昵懇《じっこん》の間柄だ。おようちゃんのお屋敷の殿様が無体《むたい》を仕掛けてきたなら、ご老中様に叱っていただくから、心配いらねぇぞ」

「銀八さんって、すごいのね」

「まぁな」

銀八は肩で風を切って道を歩んだ。

「あの……、銀八さん」

「なんだい、おようちゃん」

おようは四つ角で足を止めて、別の道を指差している。

「あたしがお使いを命じられたお店は、こっちだけど……」

「あわわ」

銀八は泡を食った。
危うく、銀八のせいで、おようを道に迷わせるところであった。

第三章　蔵の怪

一

江戸の町が夕暮れに染まっていく。空は群青《ぐんじょう》色となって、心なしか涼しい風が空から吹き下りてきた。

江戸の町中は建物によって風の通りを塞《ふさ》がれているうえに、人の数ばかりがやたらと多い。田舎から出てきた者たちは口々に「江戸の夏は暑い」と言う。

銀八の伯父《おじ》の金五郎は、古びた手拭いで首の汗を拭きながら、町家の路地を歩いてきた。

常夜灯や軒行灯《のきあんどん》に灯《ひ》が入れられる。通りに面して建つ商家から漏れる明かりも眩《まばゆ》い。

「まるで昼の日中《ひなか》みてぇだべ」

金五郎も若い頃には武家奉公をしていたのだが、その当時と比べても、さらに江戸の町は豊かになったように思われる。

豊かさの基準は夜の明るさだ。灯火の油をふんだんに消費することができるかどうかで景気の善《よ》し悪《あ》しがわかる。

灯火が明るければ夜なべ仕事ができる。仕事が増えて収入がさらに増えるという好循環だ。

人の通りも昼間のように多かった。道を行き来する男たちの数は、昼間の人通りよりも多く感じられるほどだ。

江戸の町は、地方から来た出稼ぎの男たちによって支えられている。男性人口の比率が高く、配偶者のいる者は少ない。

独り者たちは外食に頼ることになるので、勤めが終わると一斉に町に繰り出して、一膳飯屋に向かう。

樽《たる》取りの小僧（商家の使用人で、樽に詰めて売られた食材や調味料、酒などの、使い切った樽を回収する仕事）が荷車を引く姿も見うけられる。江戸の一日はまだまだ終わらない。

「さすがはお江戸だべ。まったくおそれいった」

下総の田舎では、日が暮れればすべてが真っ暗闇となる。月が出ていれば夜道は明るいけれども、それでも夜中に出歩く者などいない。

人込みに紛《まぎ》れて金五郎は歩き続ける。お陰で人目にはつかずにすみそうだ。

金五郎は神田旅籠町《はたごちょう》に入った。その町には何十軒もの旅籠が軒を並べていた。江戸の町では、ひとつの職種がひとつの町に纏《まと》められている。お上の支配のしやすいように造られている。

旅人が泊まる旅籠は、関東郡代《ぐんだい》屋敷の近くに集められていた。関八州から江戸に旅して来る者たちの理由のほとんどは、関東郡代や勘定奉行所など、自分たちを支配する役所への挨拶《あいさつ》や陳情、裁判などだからだ。

役人側からすれば、江戸に出てきた領民を、自分たちの目の届く所に置いておきたい、という気持ちもあっただろう。

金五郎は旅籠のひとつに踏み込んだ。

「下総の在の、金五郎って者《もん》だべ。在所の乙名《おとな》の吉左衛門《きちざえもん》さんを訪ねて来たべぇ」

帳場格子《ごうし》に座っていた番頭に挨拶する。番頭は四十ばかりの無愛想な男だった。

「そのお客なら、二階の、奥から二番目の座敷にいなさるよ」

「それじゃあ、ちっと上がらせてもらうべぇ」

金五郎は下総の出身だが、江戸の暮らしには慣れている。江戸の暮らしを円滑に進める秘訣は銭だ。銭さえあればたいがいのことは上手《うま》くゆく。

袂《たもと》を探って四文銭を四枚ばかり摘《つま》み出すと、

「これで一本つけてもらえるべぇか」

土間にいた小僧に手渡した。

「番頭さん」

小僧は銭を番頭のところまで持って行く。銭を一瞥《いちべつ》した途端に、番頭の愛想が良くなった。

「濯《すす》ぎをお持ちしなさい」

小僧に命じる。足まで洗ってくれるらしい。

「オイラは下総から歩いてきたわけじゃねぇ。隣町から来ただけだから、そんなに手間はかからねぇべ」

ともあれ、江戸の道は石畳などで舗装《ほそう》されていない。夕立が降れば路面も足も泥だらけとなる。

足を洗ってもらって、金五郎は二階に上がった。

座敷の中は暗かった。黄ばんだ紙が張られた行灯《あんどん》が置かれているだけだ。

その座敷で車座となって、五人の男たちが息をひそめていた。

いちばん奥に座っているのが乙名の吉左衛門だ。五十ばかりの白髪《しらが》頭の男であった。

徳川幕府は農村に代官を派遣して支配しているが、村々の治世は基本的に百姓たちの自治に委《ゆだ》ねられている。

百姓たちは五軒で『五人組』を作る。

五人組を三つか四つ束ねたものを指南（支配）している顔役を乙名と呼ぶ。

一つの村には四人から五人ほどの乙名がいる。その乙名たちを指南するのが名主（西日本では庄屋）だ。名主は農村支配の頂点に立っていた。

「吉左衛門さん、金五郎が挨拶にまかり越しただ。お江戸まで遥々《はるばる》と、ご苦労だったべ」

金五郎は乙名の吉左衛門に挨拶して、車座の輪に加わった。

男たちは皆、陰鬱《いんうつ》な顔をして黙り込んでいた。まるで通夜の席のようだ。皆、押し黙っている。腕を組み、目を閉じた者もいる。

乙名の吉左衛門がようやくに、口を開いた。

「面倒な話になったぞ、金五郎どん。長兵衛さんが殺されたらしい」

旅籠の者には聞こえぬように、小声でそう言った。

金五郎は愕然《がくぜん》とした。

「殺された……。誰にやられたんだべか？」

「それはまだわからねぇ。二日前、荒川の岸に引っかかってたっていう話だべ。町奉行所の役人様がお検《あらた》めなさって、在所の名主屋敷まで問い質《ただ》しが来ただ」

「名主様は、なんとお答えなさったんだべか」

「人の生き死にじゃあ、隠しようもねぇべよ。長兵衛さんが江戸に出て、村に戻ってこねぇのは確かな話だ。お役人様がお調べになればすぐわかる。名主様とすりゃあ、正直に答えるしかねぇべ」

「長兵衛さんのことが、江戸のお役人様に知られちまったってことか……」

金五郎も腕組みをして考え込んだ。金五郎までお通夜の席に加わったような姿だ。

実際に長兵衛が死んでいるのだから、葬式のようになるのも当然であろう。しかも長兵衛の死にざまは深刻なのだ。

皆で陰鬱に黙り込んでいたところへ、先ほどの小僧が酒を運んできた。男たちの様子があまりに陰気なので、身内の葬式のために江戸に出てきた人たちだと勘違いしたかもしれなかった。

小僧の足音が階下に遠ざかるのを待って、乙名の吉左衛門が金五郎に質した。

「南町の八巻様のところへは、ご挨拶に伺《うかが》ったんだべぇか」

金五郎は無言で頷《うなず》く。吉左衛門は金五郎を必ずしも信用してはいない、という顔つきだ。

「あんたの甥《おい》っ子が八巻様の小者《こもの》を務めていなさるというから、一枚嚙んでもらったが、長兵衛さんの骸《むくろ》が町奉行所のお役人様の目に留まったとなれば、話は別だべ。八巻様はえらい眼力のあるお役人様だと聞こえとるべぇ。こっちが目をつけられる前《め》ぇに、手ぇ引いたほうがいいべ」

「んだ」と、別の百姓男が頷いた。同じ村の住人で、五人組の纏め役をしている四十男だ。江戸の床屋で月代《さかやき》とひげを綺麗《きれい》に剃ってもらっていたが、色の黒い肌を見れば百姓の身分だとすぐにわかる。

「八巻様とやらに、あれこれとつつかれたら、たまらねぇべ。金五郎さんだって、八巻様のお仕置きをくらったら、とても誤魔化《ごまか》しきれねぇべよ」

別の百姓も、色黒の顔を真っ青にさせている。

「江戸の町奉行所では、石抱き責めだの、海老反《えびぞ》り責めだの、きつい拷問をされるって聞いただ……」

「八巻様は、人斬り同心とも呼ばれていなさる鬼同心様だべ」

怖いもの知らずであるはずの悪党たちを震え上がらせているほどである。百姓たちからすれば、もっと、もっと、恐ろしい。

「一刀の下《もと》にお手打ちにされて、首を刎《は》ね飛ばされたんじゃたまらねぇべ」

百姓たちは激しく身震いして、蒼白《そうはく》になった顔を見合わせた。

吉左衛門は金五郎に目を据えている。

「村での談合では、いざという時には八巻様を頼りにする、という話で纏まったが、長兵衛さんが殺された今となっては話が違う。八巻様に目をつけられることだけは、避けねばならねぇど」

金五郎は眉根《まゆね》を少し寄せた。

「だども、まだ、八巻様が敵と決まったわけじゃあねぇべ」

「そんなら、たとえばの話だが、オラたちが八巻様のお力にすがったとしようか」

「うん」

「良くねぇことになるぞ」

「なんでだ」

「八巻様はお役人様だべ。お役人様ってのは、百姓に良い顔を向けていても、最後にはお偉い様のご機嫌を取るもんだ。しまいにはオラたちを見捨てなさるに決まっとる」

金五郎は黙った。反論できる話ではなかったからだ。

吉左衛門は駄目《だめ》を押すようにして続ける。

「お役人様たちも、お奉行様や御老中様に生き死にの権を握られとるだよ。上役《うわやく》様に楯突《たてつ》いたらご切腹を命じられることだってあるべ。八巻様の身になって考えてみれば、百姓の味方になったって、いいことなんか、なんにもねぇんだ」

金五郎は目をきつくつぶると、無言で頷いた。

吉左衛門は、その場の一同を順繰りに見た。

「オラたちだけでやるしかねぇ」

一同は、血の気を失くした顔つきで頷いた。

金五郎は旅籠を出た。

あまり遅くまで談合していると、旅籠の者に怪しまれる。江戸の旅籠の主は、怪しい人物に縄を掛ける権利を持っていた。町奉行所から逮捕権を委譲されていたのだ。

旅籠の主に怪しまれてはまずいことになる。金五郎はそそくさと旅籠町を離れた。

関東郡代の屋敷の北には外堀（神田川）があって、堀の土手が崩落しないように、柳の木が堀に沿って植えられていた。これが柳原土手《やなぎわら》である。

大雨などで土手が崩れると大災害となってしまうので、土手沿いに建物を造ることは許されていない。長々と空き地が延びている。柳の枝だけが不気味に風に揺れていた。

昼間には古着商などが露天を広げるこの広場も、夜中には人気《ひとけ》が絶える。

夜鷹《よたか》がこっそりとこちらを窺《うかが》っているかもしれないが、あちらも玄人《くろうと》である。

金五郎を在郷から出てきた百姓だと一目で看破したのか、寄ってくる者もいなかった。

金五郎は闇の中を歩んでいく。所々に立つ常夜灯だけが頼りだ。遠くで犬の鳴く声が聞こえた。

(このあたりはずいぶんと寂しいもんだべ)

とはいえ、田舎者が間違って足を踏み入れたわけではない。金五郎も柳原土手が寂しい場所だということは、若い頃から知っていた。

あえてこの暗い道を選んだのだ。人目につかないようにするためである。

今の金五郎には、盗《ぬす》っ人《と》のように、闇を縫って歩まねばならない理由があるのだ。

と、その時であった。金五郎は闇の中に黒い影が立っているのを見つけて、足を止めた。

それは侍であった。袴を着けて、腰から長い鞘《さや》が伸びていた。

金五郎は百姓であるから、ほとんど反射的に道を譲った。するとその影は、通せん坊をするかのように、金五郎の前に移動した。

鳥目《とりめ》なのかもしれない——と金五郎は思った。こちらの姿が見えていないのではあるまいか。

鳥目は闇の中で物が見えにくくなる症状で、主な原因は栄養失調だ。江戸の侍は栄養失調に悩まされている。貧しい侍は食事にも事欠く。豊かな侍は偏食で栄養が偏《かたよ》る。

ともかく金五郎は、さらにもっと道を空けた。

ところが侍は、またしても金五郎の前に立ちふさがったのだ。

これは変だと金五郎もようやくに気づいた。同時に全身にジワッと冷や汗が滲《にじ》んできた。

「あの……、お侍様、オイラに何か御用があるんだべか？」

恐る恐る質すと、黒い影がわずかに肩を揺らしたように見えた。

「下総から来た者だな」

低い声が響いてくる。まるで地獄の底から聞こえてきたかのように不気味な声だ。

「長兵衛の村の者か」

金五郎はギョッとなった。なぜ、この侍は長兵衛の名を知っているのか。

（長兵衛さんは斬られて死んだ……！）

この侍が斬って捨てたのか。

その瞬間、黒い影がブワッと膨らんだように見えた。

(斬られる!)

金五郎は咄嗟《とっさ》に身を投げた。風の唸《うな》る音とともにギラリと何かが一瞬光った。

(刀を抜きやがった! 殺される!)

金五郎は地べたに転がって、そのまま必死で転がり続けた。そして急いで立ち上がった。

謎の侍は間合いを詰めてくる。またしても影が大きく膨らんで見えた。それこそが殺気なのだ、と金五郎は気づいた。

「たっ、助けてくれえッ」

声を限りに叫んだ。急いで身を翻《ひるがえ》す。足がもつれて転んだ。振り下ろされた刀の切っ先が金五郎の着物を裂いた。もしも偶然に転んでいなかったなら、背中を袈裟《けさ》斬りにされていたに違いなかった。

侍が大上段に刀を振り上げた。

(もう駄目《だめ》だ!)

観念してギュッと目を閉じたその時、

「なんだ、なんだッ。喧嘩《けんか》かッ」

誰か男の声がして明かりを向けられた。

侍の顔が照らしだされた。金五郎は真下からはっきりと見た。左の眉に大きな傷跡がある。侍は眩《まぶ》しさに顔をしかめて片手で顔を覆った。

その隙に金五郎は急いで距離を取った。四《よ》つん這《ば》いで逃れた。

騒ぎはどんどん大きくなる。

「見ろッ、侍がヤットウを抜いていやがるぞ！」

「喧嘩かッ」

ヤクザ者らしい口調で罵声《ばせい》を発しながら、男たちが何人も集まってきた。

「やいっ、ドサンピン！　オイラたちのシマで何をしていやがる！」

男たちは手に手に棍棒《こんぼう》を握っている。

柳原土手が夜鷹の稼ぎ場であることを、金五郎は思い出した。どうやら、この界隈《かいわい》で商売をする夜鷹を束ねるヤクザ者たちらしい。

侍がビュッと刀を横殴りに振るった。ヤクザ者たちは派手に尻餅《しりもち》をついた。

「畜生《ちくしょう》ッ、呼子笛《よびこぶえ》だ！　役人を呼べッ」

男の一人が懐《ふところ》から呼子笛を取り出して吹き鳴らし始めた。甲高《かんだか》い笛の音が江戸の夜空に響きわたる。

謎の侍は舌打ちをした。もう一回刀を振るって、男たちを退かせた後で、踵《きびす》を返して走り去った。

（た、助かった……！）

金五郎は草むらの陰から一部始終を見守っていた。どうやら、命だけは奪われずにすんだようだ。

しかし、すぐにも町方の役人か、番屋の番太郎が駆けつけてくる。事情を訊《き》かれたりしたら面倒なことになる。

金五郎も急いでその場から走って逃げた。

二

同じ時刻――。

金五郎と同じ村から奉公のために江戸に出てきた娘、おようは、寝床の中で不安と恐怖に身を震わせていた。

ここは大身《たいしん》旗本、柳井越前守の屋敷。台所の二階に作られた下女部屋である。

夜具に横たわって目を開けると、煤《すす》けた天井が見えた。おようは小柄だが、それでも頭がつかえてしまいそうに低い天井だった。

下女部屋は、屋敷に住み込みで仕える下女が寝るための部屋である。広さは三畳ほどの板敷きで、そこに同輩の二人と一緒に、川の字になって寝る。

自分の持ち物は部屋の隅の行李《こうり》に詰めて置いてある。盗まれる物など何も持ち合わせていない。

奉公人は、給金もすべて前払いされていて、金を受け取るのは実家の父母か兄、あるいは兄嫁だ。銭を持っていないのだから盗まれる心配はないけれども、働いて、台所飯を食って、煎餅《せんべい》布団で寝るだけの、なんとも侘《わび》しい毎日であった。

いずれにしても、およう は眠れずに困っている。身体《からだ》は疲労しきっているのに、恐怖で寝つくことができないのだ。

（昼間に見たものは、なんだったんだろう……）

裏庭の竹藪《たけやぶ》の中に建つ古い蔵……。その窓から白い指のような物が伸びてきて、『おいでおいで』と手招きをしているように見えた。

蔵の窓は防火のために分厚《ぶあつ》い漆喰《しっくい》で塗り固められている。天気の良い日中には開けておくことが多い。

窓には鳥などが飛び込まないように金網が張ってあるのだが、その金網の編み目から、白くて細い指が伸びていたのだ。

内側から編み目を摑《つか》んで、網を外そうとしていたのかもしれない。

いずれにしても、蔵の中に誰かが閉じ込められていて、助けを求めているように見えた。

思わず足を踏み出そうとしたその時、

「そこで何をしているのです」

冷たい声を背後から浴びせられて、およはさらに身を竦《すく》ませた。

「大奥様……！」

振り返ると、奥屋敷の建物の濡れ縁に六十すぎの老婦人が立っていた。屋敷の当主の母親、房江刀自《ふさえとじ》であった（刀自は老婦人の敬称）。

老いたりとはいえ、いまだ矍鑠《かくしやく》としている。夫に先立たれた後も、屋敷の奥向きと勝手向きとを仕切っていた。

もちろん、現当主の柳井越前守にも正室はいる。本来ならば正室に奥を譲って、房江刀自は尼僧にでもなり、夫の菩提《ぼだい》を弔うべきなのだが、奥の権勢を嫁に譲るつもりはないようだ。

そんな我《わ》が儘《まま》が許されている理由は、房江の出自の高貴さによる。

表向きには大身旗本の娘ということになっているのだが、実は、京の公卿《くぎょう》の娘であるらしい。旗本の家に養女に入ったのちに、柳井家に嫁《か》して来たのだ。

京の公卿は偉い。この屋敷では、誰も房江に楯突くことはできない。

背筋をピンと伸ばして立つ姿には、いかにも京の公卿の娘らしい気品と威厳が感じられる。骨格の造りからして武士や百姓の娘とは異なる。生活環境や食べる物が異なれば、骨や身体は違う形に成長する。

下総の百姓娘のおようからすれば、あまりにも勿体《もったい》なくて目が潰れそうな思いだ。

その場に土下座をしようとすると、

「膝や手を地につけるでない！　汚れるではないか！」

と、叱られた。

おようの着物や手が汚れるのを心配してくれたわけではない。およう は下働きの者だ。汚れた手や着物で屋敷に上がられたら屋敷が汚れる、と、房江は激怒したのである。

「も、申し訳ございませんッ」

おようは何度も何度も頭を下げると、逃げるようにしてその場を離れた。

蔵の窓に目を向ける余裕もなかった。

(蔵の指もおっかなかったし、大奥様もおっかなかった……)

おようは夜具を頭までかぶった。

大奥様の恐ろしさは、理解可能な恐ろしさだから、まあいい。大奥様の逆鱗《げきりん》に触れないように心掛ければ、叱られることもないはずだ。

しかし、あの指は、考えれば考えるほどに恐ろしい。

(誰かが、折檻《せっかん》されてるのかな)

罰として蔵に閉じ込められているとも考えられる。

昼間にもそう考えたおようは、注意深く、屋敷で働く者たちの人数を数えてまわった。

しかし、姿が見えなくなっている者はいなかった。

それならば、おようが働き出す以前から、蔵に閉じ込められている者だということになる。凄《すさ》まじく恐ろしい話である。

隣では二人の下女が大いびきをかいていた。夏であるので寝相が悪い。下女部屋は風通しも悪かった。

当然、頭まで夜具をかぶれば暑い。蒸し風呂のようだ。

（もしも、誰かが閉じ込められているのだとしたら、助けてあげなくちゃいけない）

　とは思ったものの、下総から出てきたばかりの田舎娘に何ができるというのか。

　誰かに相談したいと切実に思った。

　相談するならお役人様がいいだろう。あるいは役人に近い誰かだ。

（銀八さんなら、きっと……）

　下総の故郷では、何をやらせても半人前の役立たずだったが、今では江戸の同心様の手下を務めあげている。

　千住宿では、荒くれ者たちをひと睨《にら》みしただけで恐れ入らせたぐらいだ。きっと力になってくれるに違いない。

（だけど『裏の蔵で人の指みたいなものを見た』というだけじゃ、きっと相手にしてもらえない）

　不確かな物言いで訴え出たりしたら『お上の手を煩《わずら》わせるな』と叱られてしまう。

　銀八は優しい人だが、お仕えする八巻同心はそうではないらしい。なんといっても、江戸で評判の人斬り同心なのだ。

余計なことをして怒らせたなら、こちらが手討ちにされてしまいそうである。

およう はむっくりと起き上がった。同輩を起こさないように気をつけながら闇の中を進んだ。台所へ下りるための梯子《はしご》を摑《つか》んだ。

裏庭の、竹藪の中の、蔵を調べに行くつもりではなかった。尿意《にようい》を催《もよお》したのだ。怖いので辛抱していたのだけれど、とうとう我慢しきれなくなった。

いい歳をしておねしょなんかしてしまったら、屋敷中の笑い物にされてしまう。そんな目に遭《あ》うくらいなら幽霊と鉢合わせしたほうがまだましだ。

雪隠《せっちん》は屋敷の外の、裏庭に面した一角にあった。なんと恐ろしいことだろう。

おようは震え上がった。あの蔵と竹林に近い場所にあったのだ。

おようは台所の潜《くぐ》り戸《ど》の落とし猿（戸を内側から閉じる鍵）を上げた。戸を開けると、細い月明かりが戸外から射してきた。

おようは外に踏み出た。月明かりがあるので紙燭《ししよく》（紙縒《こよ》りに火をつけて明かりにする）は必要なさそうだ。

真夏のムッと濃密な暑さが、いまだ大気に残っていた。恐怖に身を震わせながら、おようは裏庭を目指した。風が木の葉を揺らすたびに、ビクッと身を震わせた。

小走りに裏庭へと進む。屋敷は江戸の町中にあるはずなのだが、人の気配がまったく感じられない。武家屋敷というものは、敷地が広大なわりには、暮らす人数が少ないからだ。

雪隠は悲しくなるほど遠いところにあった。大奥様が潔癖《けっぺき》な人で、母屋から遥《はる》か遠い場所に雪隠を建て直させたのだ。

ようやく雪隠にまで辿《たど》り着いた。扉を開けると中はもっと真っ暗だ。床の真ん中にポッカリと糞尿《ふんにょう》を受ける穴が開いている。その黒々とした穴が恐ろしいことこの上もない。

泣きたくなるような思いで用を足して、およう は雪隠から飛び出した。手水《ちょうず》鉢《ばち》の水でサッと手を洗うと、すぐにその場を離れようとした。

そしてハッと息をのんだ。

（灯《あか》りが、ついている……）

問題の蔵の、細く開いた窓の隙間から、うっすらと灯火が漏れていたのだ。

およう は恐怖で立ち竦んだ。思わず「ヒッ」と喉を鳴らしてしまった。

蔵の扉の奥で火影《ほかげ》が揺れた。蔵の中の人物が（本当に人かどうかはわからない。幽霊かもしれない）およう の気配に気づいて息を乱したように思えた。

およう は逃げ出したかった。総身《そうみ》に冷や汗をジワッと滲ませた。気温が急に下がったようにも感じられた。

（どうしよう……）

下女部屋に急いで逃げ込んで、夜具の中で震えながら朝を待つべきか。

だけれど、今、ここで何も確かめずに逃げてしまったら、これから毎晩、恐怖の記憶に苛《さいな》まれることになりそうだ。

およう はジリッと足を踏み出した。

何故だろうか。恐怖には強烈な吸引力がある。恐怖の源《みなもと》を確かめずにはいられない。その結果が、どれほど恐ろしい物を目にすることになろうとも、足を止めることはできなかった。

およう は窓の下まで達した。ガクガクと震えながら見上げた。

「あ、あの……、どなたか、蔵の中にいるんですか……？」

震える声を搾《しぼ》り出し、思いきって声を掛けてみた。

すると──。

窓の金網の隙間から、白くて細長い、棒のような物が差し出されてきた。それは金網をくぐり抜けて、ポトリと落ちた。

(これは……)

　およはそれを拾い上げた。紙を捩《ねじ》った紙縒《こよ》りであった。

「これを、どうすれば……?」

　蔵の中から返事はなかった。かわりに指が金網から突き出されてきて、『早く行け』と言いたげに振られた。

　どうやら蔵の中にいるのは幽霊ではなさそうだ。何事かを外部に伝えたくて、紙縒りを寄越したものと思われた。

　およは紙縒りをギュッと握ると、急いでその場から去った。

(ああ、怖かった……)

　およは台所に飛び込んで潜り戸を締めた。猿をしっかりと下ろして、ようやく息をつくことができた。

(あれはなんだったのだろう)

　幽霊のような白い指を思い返す。自分でも、自分が目にしたものが信じられない。

　だがそれは夢や見間違いなどではなかった。その証拠に袂《たもと》を探ると問題の紙縒りが入っていた。

これはなんだろう。助けを求める文《ふみ》であろうか。おようは紙縒りを解いてみた。暗くてよく見えないので、竈《かまど》の前まで移動した。

竈の埋《うず》み火を熾《おこ》し、フーッと息を吹き掛けた。一瞬だけ明るくなった。

紙縒りに書かれていたのは、黒い棒と、白抜きの棒。そして×印と日付らしい文字であった。

(なにこれ?)

さっぱりわからない。

しかしこれは、何かを伝えようとする大事な符《ふ》牒《ちよう》に違いあるまい。おようは懐の奥にしまい込んだ。

三

翌朝——。

南町奉行所の筆頭同心、村田鋲三郎は、南町奉行所一の働き者でもある。柳原土手近くの番屋からの報《しら》せを受けると、即座に現地に向かった。

まだ五ツ(午前八時ごろ)。同心たちの出仕の時刻は四ツ(午前十時ごろ)であるから、町奉行所の始業時間の前から働いていることになる。

卯之吉などはまだ布団の中だ。銀八が起こそうと悪戦苦闘している頃だろう。

小者たちを引き連れた村田銕三郎が柳原土手に到着すると、四十歳ばかりの番太郎が広場の真ん中で頭を下げて出迎えた。

番太郎は近在の町人地の町入用《まちいりよう》（自治会費）で雇われている。番屋に終日詰めて、防犯や火事の見張りに当たる。

柳原土手の広場では、すでに古着屋や小間物商いの露天商が仕事を始めていた。客も、若い娘や着道楽の年増《としま》女を中心にして、集まり始めていた。女たちにすれば日中の暑くなる前に買い物を済ませておこうというところであろう。

そんな華やかな女たちの中に、陰気で殺気だった目つきの男たちが四人、背を丸めるようにして立っていた。

男たちを眼光鋭く睨みつけながら、村田銕三郎は番太郎に歩み寄った。

「お前《め》ェかい、番所に報せを入れたのは」

「へい左様《さよう》でございまさぁ。こいつらが――」

番太郎は悪人顔の男たちを指差して、

「昨夜《ゆんべ》、お侍が抜き身のお刀を振り回すのを見た、って言ってやがるんでございやす。それだもので、お役人様のお耳に、お届けしとこうと思案しやした」

殺気だった男たちがペコッと頭を下げた。その顔はいかにも質《たち》が悪そうに歪《ゆが》んでいる。村田には目を合わせずに、斜め横を向いている者もいた。どうみてもヤクザ者であった。

「なんなんでぇ、こいつらは」

ヤクザを相手に話をしても、素直な返事があるとも思えなかったので、村田は番太郎に向かって質した。

番太郎は盛大に汗を噴いている。朝から暑い。しかも恐ろしい同心に睨みつけられている。流れる汗は滝のようだ。

「コイツらは、この辺りの掃除を言いつけられている者たちでございまさぁ」

番太郎は手拭いで汗を拭きながら答えた。

掃除を言いつけられている、とは表向きの話で、実際には盛り場の仕切りをする者たちだ。昼間の仕切りではなく、夜間の仕切り――すなわち夜鷹の元締の手下たちに相違なかった。

柳原土手が夜鷹の稼ぎ場だということは、村田も当然に知っている。

夜鷹は無許可の売春業であり、犯罪なのだが、その取り締まりは町奉行所の管轄下にはない。吉原の管轄だ。吉原が男たちを派遣して捕縛する。

吉原の惣代《そうだい》が徳川家康に売春業の営業許可を申請した時に、家康が出した条件が〝江戸市中の私娼の取り締まり〟であった。

勤労奉仕を要求したわけだが、いつしかこれが吉原の特権となってしまい、町奉行所の役人では夜鷹の取り締まりができないという、まことに不思議な話になってしまった。

というわけで、敏腕同心の村田銕三郎も、この与太者《よたもの》たちを番所に引っ張っていくことができない。

それを見越して与太者たちも、ふてぶてしい態度に終始している。

「それで、何を見たんだ」

村田に問い詰められても「へぇい」と生返事をしただけで目も合わせない。よほどに役人が嫌いであるようだ。

「おいおい」と番太郎が割って入った。

「辻斬りの捕縛は、お前ェ《め》たちの手には余る。あんな剣客浪人にブラブラされてたんじゃお前ェたちも安心して稼業ができねぇぞ。『お役人様に捕まえていただく』って皆で決めたんじゃねぇか。有体《ありてい》にお答えしろぃ」

番太郎に諭《さと》されて、

「それじゃあ、お答えいたしやす」

ヤクザ者の一人が低頭して、昨夜の顛末《てんまつ》を語りだした。村田は眼光を鋭くさせながら耳を傾けた。

「――旅籠町のほうから歩いてきた年寄りに、浪人者が斬りかかったんだな」

「へい。爺《じじい》にゃあ、下総の訛《なま》りがありやした」

「どっちに向かって歩いていたんだ」

「番町のほうへ、行こうとしていたみたいですがね」

「すると武家屋敷の奉公人ってことも考えられるな。それで、それからどうなった」

「あっしらは、刀を抜いた浪人者を追っ払いやした」

「爺は？」

「あっしらが争ってる間に、どっかに逃げちまいましたぜ」

「面相や風体《ふうてい》に目立つところはあったかい」

「爺、浪人、どっちですかい」

「どっちもだ」

「爺のほうは、額に、お釈迦《しやか》さんみたいな黒子《ほくろ》がありやしたよ」

「仏像の白毫《びやくごう》のような黒子か」

「浪人のほうは、眉のところに目立つ傷跡がありやしたねぇ」

ヤクザ者は自分の左眉を指差して、傷をなぞって指で撫《な》でた。村田は、

「こっちか」

と、自分の右眉を指差した。

「逆の眉でさぁ」

「お前ぇの目から見て、向かって右側。つまり左眉ってことだな」

「さいで」

ヤクザ者たちに細かく質して、浪人者の人相風体を聞き出した。村田に仕える小者が大福帳《だいふくちよう》に書き留めていく。

「よぅし、行っていいぜ。何かあったら、すぐに報せるんだ」

村田はヤクザ者たちに解散を命じた。するとヤクザ者の一人が汚い手拭いに包まれた銭を突き出してきた。

賂《まいない》をやるから、吉原に取り締まりを命じないでくれ、と言いたいのだろう。

村田も江戸の同心である。以心伝心、言葉を交わさなくても思いは伝わる。

無言で鷲摑《わしづか》みにすると袂に入れた。

「行け」

ヤクザ者はちょっとだけ低頭すると、小走りに去った。

村田も小者を引き連れて歩きだす。番太郎が低頭して見送った。

十分に離れたところで、

「皆目《かいもく》、見当もつかない出来事だな」

と呟《つぶや》いた。

夜鷹からも無視されるほどに貧しい身形《みなり》の百姓親仁《おやじ》を、浪人が襲った理由はなんなのか。

斬られそうになった老人が旗本屋敷の奉公人だとすると、見つけ出すのも困難だ。町奉行所の役人の権限では、武家屋敷の内部に立ち入ることはできないからである。

村田は足を止め、振り返って小者たちに命じた。

「お前ぇたちは旅籠町の旅籠を当たれ。昨夜、夜中に一人で旅籠を出た爺がいなかったかどうか、確かめるんだ。下総の訛りがある爺だぞ」

小者たちは「へいっ」と答えて走りだした。

村田の小者たちは皆、才覚に富んだ者たちばかりである。すぐにも突き止めてくるだろう。

村田はその足で番町に向かった。


武家屋敷のあるところには、武士の暮らしを支える商人や職人たちの町が必ずある。番町ならば飯田町《いいだまち》と麹町《こうじまち》の町人地がそれに相当していた。

飯田町は小石川《こいしかわ》にある。柳原土手からも近い。一方の麹町は番町の南西にあって、足を伸ばすのは骨が折れる。

村田銕三郎は、まず飯田町に踏み込んだ。

飯田町の商店は、武士を相手とする商売なので、店の造りが無骨である。なかでもいちばん無骨な店が、表通りに面して暖簾《のれん》を出していた。『口入れ屋青文《あおぶん》』という軒看板が下がっている。

堅気《かたぎ》には見えない男たちが看板(襟《えり》などに屋号が書かれた法被《はっぴ》)を着けて働いていた。

「邪魔するぜ」

村田は暖簾を片手でかき上げて店の中に踏み込んだ。

帳場格子に陣取っていた男が「あっ」と叫んで目を剝《む》いた。

「……こりゃあ村田ノ旦那、こんち、良いお日和《ひより》で」

どう見ても番頭には見えない。賭場《とば》の博徒にしか見えない男が、急いで腰を上げて迎えに出てきた。帳場の端で正座して低頭する。

「お見回り、ご苦労さまに存じます。南北町奉行所のご一同様のお陰さまをもちまして、手前どもの商いも、つつがなく運んでおりまする」

村田の顔が不快そうに引き攣《つ》った。

「ヤクザ者が、いっぱしの商人を気取るんじゃねぇや。主《あるじ》はいるかい」

「へいッ。ただ今。やいッ、旦那様をお呼びしねぇかいッ」

博徒にしか見えない番頭は、三下《さんした》にしか見えない若い者に命じた。若い者は奥の暖簾をかき上げて、

「おやぶーん！　お客人ですぜ！」

と大声を張り上げた。

奥から太った中年男が出てくる。

「馬鹿野郎ッ！　表店《おもてだな》では〝旦那様〟と呼ばねぇかい！」

いきなり拳骨《げんこつ》を食らわして、若い者を壁際《かべぎわ》まで吹っ飛ばした。

それからギロリと目を店に向けて、村田がいることに気づき、慌てて腰を屈めて歩み寄ってきた。

「これは、村田ノ旦那！　とんだところをお見せいたしやして……」

帳場に両膝を揃えて頭を下げる。肥え太った体つきで、厚く垂れた頬の肉をブルブルと震わせた。愛想笑いをしたつもりであるらしい。

村田は不快そうに顔をしかめている。

「表店では旦那様と呼べ、ってこたぁ、裏では親分と呼ばせているのか」

「こいつぁ、きつい ご冗談を」

主は、太った満面に汗を浮かべながら愛想笑いを続けている。

「本日は、どういったご用件で」

ガラにもない揉《も》み手などした。一方の村田は冷たい表情のままだ。

「やい文六《ぶんろく》。手前ェの店じゃあ、武家屋敷の奉公人を口入れしてやがるだろう」

文六とはこの主の名前である。俠客《きょうかく》としての二ツ名は青坊主《あおぼうず》ノ文六。略して青文で、これが店の名の由来だ。

「仰《おお》せのとおりで。手前どもの商いは口入れ屋でございます。ええ、そりゃあもう、真っ当に務めさせていただいておりますよ」

「夜中に近在の屋敷で奉公する中間《ちゅうげん》を集めて、店の裏で何をやっていやがるか……」

「な、なんのお話か、さっぱり――」

「なんてこたぁ、今日のところは詮索《せんさく》しねぇ」

青坊主ノ文六も、村田の前では不安で顔を青くさせるばかりだ。

村田は眼光鋭く文六を睨みつける。

「手前ェんところで口入れした下総者で、お屋敷とまずいことになっている野郎はいねぇか」

「まずいこと、と仰《おっしゃ》いますと？」

「お屋敷の怒《いか》りを買ったか、弱みを握ったかして、命を狙われてるような野郎だよ」

「はてさて？」

「やいッ、隠し立てすると為にならねぇぞ！」

村田に凄《すご》まれて、文六はますます顔色を悪くさせた。なにしろ裏では賭場を開帳している身である。取り締まりを受けたなら遠島《えんとう》刑をくらってしまう。

「隠すなどとは滅相《めっそう》もない……。ただ、その、お武家のお屋敷に口入れした下総者と言われましても、そんな奴ぁ、年に何百人とおりますもんでねぇ」

「そりゃあそうだろうな」

村田は鼻息をフンッと噴いた。

「年格好はかなりの爺だ。額に仏像のような黒子がある」

そう言いながら、村田の目が険しく細められた。文六の顔つきが変わったように見えたからだ。

「心当たりがあるのかい」

「い、いえ、とんでもねぇ」

「役人を舐《な》めるんじゃねぇ！『心当たりがある』ってツラぁしてやがるじゃねぇか！」

「いや、その……。む、昔の馴染《なじ》みに、そういう黒子がある野郎がいたもんで」

「そいつの名は。歳は。今、幾つだ」

「い、いえ、おっ死《ち》んじまってるんで。十年も前に」

「手前ェ、なにか隠していやがるなッ？」

村田は腕を伸ばすと文六の襟をつかんで、ギュウギュウと絞った。

「とんでもねぇ！」

「南町の手入れを受けたいってのか！　終生遠島を申しつけてやるぞ！」

「勘弁してくだせぇよ」

文六は村田の手を振り払って逃れた。

「もしも知っていたとしても、あっしの口からは、何も教えて差し上げられやせんぜ」

「やっぱり知ってんじゃねぇか！」

「旦那、あっしら口入れ屋は、お武家様のお屋敷の中で見知った事は、いっさい口外できねぇ仕来《しきた》りでさぁ。何かを見ても見なかったふり、聞こえなかったふりだ。それが商いの仁義なんで。そうしねぇと命にかかわる」

「江戸の市中で、人が一人、斬られかけたんだぞ！」

「手をお引きなせぇよ、旦那。さもないと旦那まで斬られちまいますよ」

「脅す気か！」

文六は困った顔をした。

「脅してるんじゃねぇです。旦那の身を案じて、言ってるんですぜ」

「やいッ」

村田は顔を文六にグイッと近づけた。

「番町で、今、何が起こってるんだ」

「知りやせんね。こちとら、お武家様のお屋敷でのことになんか、立ち入るつもりもないもんでね」

文六は手下に命じてお捻《ひね》りを持ってこさせると、村田の袂にポイと入れた。

「お暑い中のお見回り、まことにご苦労さまに存じあげます」

村田は「フンッ」と鼻息を噴いた。踵を返して立ち去ろうとして、店の敷居のところでふと、足を止めて振り返った。

「それじゃあ、眉のここんところに傷のある、凄腕の浪人を知らねぇか」

左眉を指で撫でながら質す。文六は、

「そいつのことなら教えて差し上げてもかまわねぇでしょう。そいつぁ、仁科半《にしなはん》平太《ぺいた》ってぇ、人斬りを稼業にしている野郎でさぁ」

「人斬り浪人か。生国《しょうごく》は」

「そこまではわからねぇ。下野《しもつけ》や常陸の辺りを流していやしたけどね。……あ、あ、そうだ」

「なんだ」

「そいつのことなら荒海一家が詳しいはずですぜ。荒海ノ三右衛門は関八州に兄弟分がおりやす。仁科を用心棒として抱えてる博徒とも兄弟分だ。仁科が江戸に来てるってんなら、荒海一家に草鞋《わらじ》を脱いでるんじゃねぇんですかね」

村田はまたも、鼻をフンッと鳴らした。

「邪魔したな」

表道に出ると、笠をかぶって歩きだした。

「村田の野郎は帰ったか」

文六は若い者の一人に質した。

若い者は暖簾の隙間から目を出して、通りを覗《のぞ》いている。

「へい。角を曲がって、どっかへ行きやしたぜ」

文六は「ふ〜っ」と息をついた。

「南町の猟犬め、言いたい放題、抜かして行きやがったな」

若い者は帳場に戻ってきた。

「まったく、えらい凄みのある役人でしたぜ」

文六は腰を上げて、帯を下ッ腹にグイッと下ろして締め直した。

「親分、どちらへ？」

「知れたことよ。柳井様のお屋敷まで、ご注進に行ってくる。手前ェは通りを見張ってろ。俺の後を追《つ》ける野郎がいねぇかどうか目を光らせるんだ。村田の手下が張ってるかもわからねぇからな」

「へい、合点だ」

文六は店を出た。キョロキョロと左右に目を向けたが、村田の姿は見当たらない。文六は背中を丸めてそそくさと足を急がせた。

四

「御免くだせぇ」

八丁堀にある卯之吉の屋敷に、担《かつ》ぎ商いの男が入ってきた。

大身《たいしん》旗本の屋敷であれば、表門と裏口の二つがあるのだけれども、同心の屋敷には裏口などという気の利いたものはない。武士も商人も、片開きの木戸を押し開けて入ってくる。

美鈴は前掛けで手を拭いながら、台所から出た。

商人はペコリと頭を下げた。

「こちらのお屋敷に、銀八ってぇ親分さんがお勤めでございますかね」

美鈴は「ええ……」と答えながら、怪訝《けげん》な表情を浮かべた。

確かに銀八はいるけれども、銀八を『親分さん』と呼ぶ者はいない。誰か別の岡っ引きと名前を間違えているのではあるまいか——と考えたのだ。

商人は懐をまさぐって、紙切れを二枚、摑みだした。

「銀八親分宛てになって、文《ふみ》使いを頼まれたんですが」

「どちらから」

「三番町のお旗本屋敷の、柳井様のところの台所で働く娘っ子からでして」

「遠いところをご苦労さま」

商人は、「へい」と答えてニヤニヤしている。使いの駄賃《だちん》を渡さなければ、文を渡すつもりはないのだ。

美鈴は台所に戻って銭の入った笊《ざる》を覗いた。使いの駄賃は十二文と相場が決まっている。波銭にすれば三枚だ。

卯之吉ならば小判を渡しかねない。美鈴は貧乏道場の一人娘で、家計の遣《や》り繰《く》りに苦労しながら育ったので、湯水のように金銭をばらまく卯之吉の金遣いには感心できない。文を受け取ったのが卯之吉ではなくてよかったと心底から思った。

美鈴がケチなのではない。これが普通の感覚だ。

美鈴が銭を渡すと、商人は文の紙切れを美鈴に渡した。

「余計な物言いかも知れませんがね、その娘っ子、顔色がずいぶんと悪かったですよ。病《やまい》だとしたらそうとう重そうだ。宿下がりをさせたほうがいいかもしれないですなぁ」

銭には吝《しわ》いが、気は悪くないらしい。

「それじゃ、手前はこれで」

「ご苦労さま」

美鈴は文を手にして台所に戻ろうとした。銀八は卯之吉と一緒に出掛けている。

「……いつになったら戻ってくるのか」

もしかすると、今日も朝帰りかもしれない。

まったく、あの二人はいくつになったら身持ちが定まるのか。

「銀八さんが祝言をあげれば、旦那様の夜遊びも少しは――いや、駄目だ」

卯之吉は一人でヒョイヒョイ遊び歩くに違いない。卯之吉が嫁を取らなければ、どうにもなるまい――

と考えて、美鈴はポッと頬を赤らめた。

(旦那様がお嫁を迎えるとなれば……)

その時は自分が――などと考えて、ムンムンと桃色の妄想を逞《たくま》しくさせていたのであるが、

(……ハッ？)

美鈴は突然、我に返った。

(殺気か！)

台所の柱に掛けてあった刀を掴んで戸外へ走り出る。怪しい気配は表通りから伝わってくる。

美鈴は木戸を蹴り開けて飛び出した。手で開けなかったのは両手で刀を扱うためだ。美鈴にとっては不本意な話だが、嫁入り前の娘とは思えぬ不作法な仕種《しぐさ》だ。

美鈴は鋭い眼光を四方に投げた。

昼下がりの通りに曲者《くせもの》の姿は見当たらない。夏の陽光に炙《あぶ》られた道が陽炎《かげろう》を立ちのぼらせているばかりであった。

「……逃げたか」

美鈴は息を吐いた。その様子をたまたま通りかかった同心の内儀が、仰天《ぎょうてん》した顔つきで見守っていた。

(あぶねぇところだったぜ……)

荒海一家の代貸、寅三は、与力の屋敷の塀の陰に身を隠しながら溜め息を漏らした。

(あの女剣戟《けんげき》も油断がならねぇ。こっちの気配にすぐに気づきやがったな)

迂闊《うかつ》に八巻屋敷の様子を探ることもできない。

荒海一家の者たちは、卯之吉のことをいまだに凄腕の剣客だと勘違いしている。

卯之吉が騙《だま》しているわけではない。一家が勝手に思い違いをしているのだ。卯之吉は〝面倒臭いので〟説明をしない。卯之吉にとっては〝どうでもいいこと〟だからだ。

ともあれ寅三は、緊張で冷や汗を滲ませている。

(お味方についているぶんには、頼りになる旦那と女剣戟だが、こっそり様子を窺うとなると厄介《やっかい》だぜ)

寅三は秘かにその場を離れた。

（だがよ、柳井様のお屋敷の小娘が、銀八と繋《つな》ぎを取り合ってるってぇことだけは、確かめられたぜ）

やはりこの一件を卯之吉に勘づかれたと考えるより外《ほか》になかった。

村田銕三郎まであちこち嗅《か》ぎ回っているらしい。辣腕《らつわん》同心八巻の活躍の陰では存在感が薄いが、村田銕三郎もまた、腕利きの同心なのだ。

（面倒なことになってきやがった）

寅三は赤坂新町へと急いだ。

番町は坂の上に広がる町だ。九段坂や冬青木坂《もちのき》などを上ってゆかねば辿り着けない。

冬青木坂には古木が何本も生えていた。そのうちのどれが坂の名の由来となった木なのかはわからない。が、一本の古木の根元には、古いお堂が建っていた。

おようは一日に三度は、屋敷の外まで使いに出される。外に出るたびにお堂に足を向けてみたが、銀八の姿も、銀八からの文も、見当たらなかった。

（銀八さんに文が届いていないのかな……）

たまたま台所に担ぎ売りに来た商人に託したけれど、商人が八丁堀の屋敷に届けてくれたとは限らない。

あるいは、八巻同心から命じられた仕事が忙しくて、おようの相手などしていられないのかもしれない。

なにしろ八巻は江戸一番の辣腕同心だ。江戸の安寧《あんねい》のために八面六臂《はちめんろっぴ》の活躍ぶりを見せている。

（銀八さんも忙しいのね。きっと……）

それとも、おようの訴えを、勘違いや妄言だと判断したのかもしれない。

（せめて、蔵の中に閉じ込められているのが誰なのかぐらいわからないと、八巻様に取り上げてもらえないのかも）

お堂の前でしばらく待ったけれども銀八は来ない。おようは小さな溜め息を漏らすと、屋敷へ戻ろうとした。

夏の陽も暮れようとしている。

武家屋敷の敷地には、防風や防火のために木が植えられている。家康が江戸に入府する前から自生していた古木もあった。大きな枝が塀を越えて道の上にまで伸びている。

江戸の市中なのに、山の中のように、辺りが薄暗くなってきた。

およう はオドオドと左右に目を向けた。屋敷に帰るのも怖いが、この坂の雰囲気も怖い。江戸の町には、かどわかしも多いと聞いていた。おようは急いで屋敷に戻ろうとした。

そしてギョッとして足を止めた。

道の脇の暗がりの中に一人の男が立っていた。灰色に煤《すす》けた小袖と、ヨレヨレの袴を着けた武士だ。月代《さかやき》が伸びている。浪人かもしれない。

その面相がまた恐ろしかった。痩せこけた頬にはびっしりと濃いひげが生えている。左の眉のところには、ザックリと深い傷跡があった。

浪人は凄まじい眼光でおようを睨みつけてくる。おようは恐怖でまったく身動きができなくなった。

浪人者がこちらに足を踏み出してきた。瞬《まばた》きひとつせずに睨みつけたまま歩み寄ってくる。

(殺される――!)

おようは直感した。本能的に命の危険を察したのだ。

そこへ、

「えっほ、えっほ」

掛け声を交わしながら町駕籠《かご》が二丁、走ってきた。おようと浪人の間に割って入る。

おようは（これしかない！）と思った。

町駕籠を楯にするようにして走る。息を詰めて夢中で駆けた。

坂を上りきって振り返ると、浪人者は先ほどのお堂の前に立っていた。おようを追うことは断念した様子であった。

（助かった……！）

番町に入れば人通りも増える。おようは急いで柳井家の屋敷に駆け込んだ。

「ただいま戻りました」

台所で声を掛けると、中年の女中頭は、まな板で包丁を使いながら目も向けず、

「井戸の水を湯釜《ゆがま》に移しな」

と、命じてきた。

怖かったなどと思い返している暇《ひま》もなかった。

おようは目の回りそうになるほどに忙しく働いた。下総の田舎の暮らしは万事

がのんびりとしている。寸刻刻みの忙しさなど生まれて初めての経験だ。

恐ろしい目に遭《あ》わされたうえに重労働だ。およりは、疲労困憊《こんぱい》してしまった。


そしてまた夜になった。

闇の中を、黒装束の男が、気配を殺して進んでいく。

「ここが柳井の屋敷か。へっ、不用心に寝静まっていやがるぜ」

口許《くちもと》を覆面で覆っている。不敵な目を築地塀《ついじべい》に向けた。

ドロ松は荒海一家の子分だが、元の稼業はコソ泥であった。

大泥棒として名を上げてくれようと目論《もくろ》んで荒海一家に忍び込み、三右衛門に捕まった。そこで私刑にされるところだったのだが、度胸を三右衛門に認められ、子分の一人に加えられた。

ドロ松は塀を身軽に飛び越えた。屋敷の内に音もなく着地すると、竹藪の中の蔵を目指した。

蔵の扉には鍵がかかっている。しかし合鍵はすでに拵《こしら》えてあった。

（商人衆の蔵は、最新の南蛮《なんばん》錠なんかが二重、三重に掛けられてるもんだが……、武家屋敷の蔵は油断だらけだぜ）

何十年も前の古臭い鍵をいまだに使っている。盗っ人たちに研究され尽くした代物《しろもの》だ。ドロ松は合鍵を差して回した。引っかかって回らないのでいったん抜いて、鑢《やすり》で削って形を合わせた。

（今度はどうだ？）

鍵を差し直して回すと、ガチャリと解錠された。ドロ松は鼻先で嘲笑《ちょうしょう》した。

蔵の扉を静かに開ける。蔵の中に踏み込んだ。

蔵の中には一人の男が縛られて横たわっていた。猿ぐつわまでかまされている。

「しっかりしなせぇ」

ドロ松は男を抱え起こして、縄と猿ぐつわを解いた。

「こいつぁ酷《ひで》ぇ」

男の身体には拷問の痕があった。揺さぶると男は苦しげに息を吹き返した。

「下総国稲敷郡《いなしきのこおり》は石川村《いしかわむら》の又次郎《またじろう》さんだね。あっしは荒海一家の者《モン》だ。助けに来やしたぜ」

又次郎と呼ばれた男は疲労しきっていた。弱々しく呻《うめ》いた。

「しっかりしなせぇ。長兵衛さんは殺されやした。あんたもここにいたら殺されやすぜ」

ドロ松は又次郎を外へ引っ張りだした。塀を乗り越えさせるのは無理だと考えて、台所の裏口へと向かった。


おようは下女部屋の夜具の中で眠れぬままに身を震わせていた。

結局、銀八は来てくれなかった。

(信じてもらえなかったのかもしれない……)

田舎娘の、無知ゆえの思い込みだと決めつけられてしまったのか。

(もっと確かな証《あかし》がないと、助けに来てもらえないのかも……)

おようは必死に思案した。

そもそも、と思った。

蔵の中の人物はいったい何者なのか。それがわからないことには、銀八も動きようがないのかもしれない。

(怖いけれど、もう一度、会ってみよう)

せめて身許《みもと》を確かめておこう。およう自身、引っ込みがつかなくなっている部分もある。何かに突き動かされるようにして下女部屋を出た。

屋敷の中は静まり返っていた。起きている者はいないようだ。欄間《らんま》から月明かりが漏れている。おようは雪駄《せった》をつっかけると、注意深く台所を進んだ。潜り戸を通って外に出る。蔵に向かって進んでいく。竹藪をかき分けて窓の下に立った。

「もぅし、蔵の中のお人。起きてますか」

小声で囁《ささや》きかけてみた。

もちろん怖くて仕方がない。総身は激しく震えている。なのにどうしてこんなことをしているのか。

それは〝怖いもの見たさ〟の、さらにずっと強烈な感情だった。人は恐怖にとりつかれ、魅了されてしまうのだ。

返事はなかった。眠っているのかもしれない。おようは足元の小石を拾うと、窓の金網に向かって投げつけた。

石は金網に当たって音を立てた。深夜の静けさの中では、意外に大きな音に聞こえた。

蔵の中で気息《きそく》の乱れる気配があった。中の人物が目を覚ましたのかもしれない。

「もうし、蔵の中のお人。お尋ねしたいことがございます」

蔵の中で耳を澄ましている気配がある。蔵の中の人物も警戒しているのだろう。相手にとっては、おようが何者かわからないのだから当然だ。

そう考えたおようは名乗った。

「あたしは、お屋敷で奉公している下女にございます。昨日の文を預かった者です。あなた様のことをお役人様にお伝えします。お名前を聞かせてください」

蔵の中で呻《うめ》くような声がした。続いて床を踏んで歩く音が聞こえた。

蔵の向こう側で、蝶番《ちょうつがい》の軋《きし》む音がした。

(蔵の扉を開けているんだ……)

おようは察した。窓の反対側に扉があって、蔵の中の人物が出てこようとしている。

おようも急いでそちらに向かった。夜露で濡れた夏草をかき分けて進む。

扉のある側の壁は南を向いて建てられてあった。月明かりで白い壁が青白く照り輝いていた。

分厚い扉が押し開かれていく。いかつい男の手が見えた。

「もぅし。あたしは南町の八巻様の小者《こもの》を務める――」

銀八の縁者だ、と告げようとして、息せき切って語りかけた。

そして、おようは「ハッ」と息を呑んだ。

扉が開かれていく。袴《はかま》を穿き、草鞋《わらじ》を履いた男の足が踏み出してきた。続いて刀の柄《つか》がヌウッと出てくる。

ついに男の顔が扉の陰から覗けた。おようは悲鳴を上げた。その顔の左眉には大きな傷跡があったのだ。

夕刻に見た浪人である。浪人は殺気の籠《こ》もった目でおようを睨みつけた。

おようは立ち尽くしたまま身動きできない。(逃げなければ！)と頭では考えていたけれども、足がまったく動かなかった。

浪人者は冷たい無表情のまま、刀の柄に右手をかけた。抜刀するつもりなのだ。

(殺される！)

おようは後ずさりしようとして足をもつれさせ、その場に尻餅をついてしまった。

浪人者が迫る。おようは息を喘《あえ》がせた。悲鳴すら出てこない。

そのときであった。

凛《りん》と張りつめた声が聞こえてきた。

「そこで何をしておるのじゃ！」

大奥様の房江が手燭《てしょく》を片手に立っていた。

房江はキッとおようを睨みつけてきた。

「お前には、只今《ただいま》を限りに暇を出します。もはやこの屋敷とはかかわりのなき者。早々に屋敷から出て行きなさい！」

おようは急いで立ち上がると、房江に向かって低頭した。

（助かった……！）

大奥様が助けてくださった。屋敷から逃げろと促《うなが》してくれたのだ。

恐ろしい浪人も房江の前では遠慮があるらしく、追ってはこなかった。

おようはすんでのところで命を救われたのだ。

庭を抜けて、どこへ逃げようかと迷った。下女部屋にはわずかな手荷物を残してある。だが、命には代えられない。すぐにも裏の勝手口に走ろうとしたその時、背後から大奥様の声が聞こえてきた。

浪人者を叱っている。

「こんなところで……しようものなら、屋敷が汚れるではありませぬか！　外で始末をなさい！」おようは、その言葉を理解するのが、一瞬遅れた。逃げるのに必死だったからだ。

裏口の猿を上げて扉を開けた時になってようやく、房江が何を言っていたのかを覚《さと》った。

屋敷の中でおようを手討ちにすれば、血で屋敷内が汚れる。潔癖症の房江はそれを嫌ったのだ。

そして、外で始末してくるようにと命じた。

おようは、房江がなにゆえ自分に暇を出したのか、屋敷を出るようにと命じたのかを理解した。房江は浪人者からおようを救ってくれたのではなかったのだ。

背後から寒気がゾワッと押し寄せてきた。

（あの浪人様だ！）

浪人がおようを追ってくる。この冷たい空気は、浪人が発する殺気に相違なかった。

おようは転がるように外に出た。

逃げなければならない。しかし、どこへ。

（八丁堀の八巻様のお屋敷に……！）

ところがおようは下総から出てきたばかりの田舎者だ。八丁堀がどこにあるのか、どうやったら行き着けるのか、まったく知らない。

およう は闇の中を走った。背後で木戸の開く音がした。浪人が出てきたのである。

四つ角に立って左右を見回す。彼方《かなた》に灯《あか》りが見えた。

（そうだ！　辻小屋がある！）

辻小屋には終日、侍が詰めているはずだ。

「お、お助けくださいッ」

おようは裸足《はだし》で駆け寄った。雪駄はすでに脱げている。

辻小屋の障子戸は開いていた。中では二人の侍が将棋を指していた。傍《かたわ》らには貧乏徳利と茶碗が置いてある。

「なんだ、なんだ」

侍の一人が目を向けてきた。その顔が赤い。そうとう酔っているらしい。

おようは必死に訴えた。

「人殺しですッ」

「なにィ？」

侍二人は刀を引っ摑むと通りに出た。浪人者が迫ってくるのを二人も見た。

「止まれ！　何者だ貴様は！」

侍の一人が誰何《すいか》する。ところが浪人は、顔色一つ変えることなく突っ込んできた。

「おのれ、胡乱《うろん》な！」

侍が立ちはだかろうとした。直後「ぎゃあっ」と悲鳴を上げた。

おようは愕然となった。目を一杯に見開いた。

浪人は刀を抜いている。立ちはだかった侍は身を斜めにして倒れた。月明かりでもはっきりと噴き出す血飛沫《ちしぶき》が見えた。

（お侍様が斬られた！）

おようは逃げた。背後でもう一人の侍が続けて斬られた気配がしたが、振り返る余裕もなかった。

武家屋敷街はなんの物音もしない。侍のあげた悲鳴に反応して起きてくる者もいない。

武家屋敷の敷地から伸びた枝が夜空を覆っている。おようは自分が山の中に迷い込んだかのような気がした。

そしてその山には、人の命を奪う野獣がいて、おようを執拗《しつよう》に狙っている。

おようは走った。すると向こうから、提灯《ちょうちん》の明かりが揺れながら近づいてきた。

「助けてェェッ！」

およう が叫ぶと、提灯がギョッとしたように止まった。

「な、なんの騒ぎでげすか？」

おようも「あっ」と叫んだ。

「銀八さん！」

「おようちゃん？」

浪人の殺気がすぐそこにまで迫っていた。

「珍しいこともあるもんだな。今日は卯之さん一人かえ？」

吉原の大見世《おおみせ》、大黒屋の座敷で、朔太郎が訊《たず》ねた。

今夜も卯之吉は飽きもせず、大宴会を張っている。吉原中から集められた遊女と芸人が歌い踊る中、卯之吉が金屏風《きんびょうぶ》の前で盃を傾けていた。

いつも侍《はべ》っている銀八の姿が見えない。卯之吉はヘラヘラと笑いながら答えた。

「銀八はいませんよ」

座敷にいるなら悪い意味で目立ってしまう幇間《ほうかん》だ。目につかないということは、ここにはいないということである。

「へぇ。とうとう暇《いとま》を出されたか。まぁ無理もねぇなぁ。しくじりばっかりしていたからな」

「いえいえ。永《なが》の暇ではありませんよ。今夜は用があるらしくてですね。それでまぁ、あたし一人で遊びにきたってわけです。一人ってのは心細いものですねぇ。道に迷うかと思いましたよ」

毎日吉原に通い詰めているのに、道に迷うわけがない。

(卯之さんにしては下手な冗談だ)

そう朔太郎は思ったのだが、すぐに考え直した。

卯之吉は冗談を言うような男ではない。いつも真面目《まじめ》に変なことを言う。

(もしかして、本当に、道に迷いかけたんじゃねぇのか)

卯之吉であれば、あり得る話だ。

「さぁ、どんどんやっておくれなぁ」

卯之吉は今夜も上機嫌であった。

第四章　消えた銀八

一

吉原は江戸の市中ではあるけれども、市街地からは遠く離れた僻地《へきち》に置かれている。周囲は田圃《たんぼ》ばかりで、日光街道（千住宿を経て、下野国や下総国とを繋《つな》いでいる）が近くに延びていた。

吉原に通う道はじつに細い。田圃の中の畦道《あぜみち》とたいした違いはなかった。そんな細い夜道を一人の壮士が歩いてくる。大手を振って、大股の足の運びであった。

壮士は提灯《ちょうちん》もつけていない。人家も乏《とぼ》しく寂しい道のりだが、まったく恐れる様子もなかった。

その後ろには袴を穿《は》いて腰に刀を帯びた人物の姿があった。侍姿だがほっそりとした体軀《たいく》だ。頭頂部で結って、後ろに長く伸ばした髪が夜風に靡《なび》いていた。

壮士は肩越しに振り返って「ガハハ」と笑った。

「吉原ごときに一人では通えぬとは。お前も肝《きも》の細いところがあるのぅ。夜道がそんなに恐ろしいか」

ほっそりとした人影は「ムッ」とむくれた。

「夜道ぐらい、怖いことなどありませぬ」

女の声音で抗弁する。その影の正体は、男装の女剣士、美鈴であった。

「ほう？」

と、首を傾《かし》げた壮士の正体は源之丞だ。夜空にかかっていた雲が切れて、月の光が差してきた。夜目にも二人の顔が識別できるようになった。

「それならば吉原が怖いのか。ふん、鼻垂れ小僧でもあるまいし。吉原ぐらいケツの青いガキでも冷やかしておるぞ」

「わたくしは女人《にょにん》にございます！　吉原には通い慣れておりませぬ！」

この人はわたしが女だということを忘れているのではあるまいか――美鈴はますます憤慨《ふんがい》した。

源之丞は美鈴が膨《ふく》れたことが面白かったらしく「ガハハ」と高笑いしながらノシノシと歩んでいく。良く言えば豪放磊落《らいらく》、悪く言えば無神経な男だ。

浅草田圃の先に吉原の灯《ひ》が見える。俗に不夜城と謳《うた》われる通りの眩《まばゆ》さだ。蛍《ほたる》も多く飛び交っている。田圃では稲の葉が夜風に揺れていた。

道の向こうから地回りのヤクザ者風の男が、小走りにやってきた。四郎兵衛会《しろべえかい》所《しょ》の看板を羽織っていた。

「おっ、源さんじゃねぇですかい。おや珍しい、今日はお小姓のお供連れですかい」

「おう、清《せい》の字。夜分に使い走りか。ご苦労だな」

源之丞は仮にも大名家の御曹司《おんぞうし》だ。使い走りの若い衆と親しげに「源さん」「清の字」などと呼び合っているのは異常である。

もっとも、こんな異常な御曹司だから、卯之吉と仲良くやっていけるのに違いない――と美鈴は観察している。

清の字は「へい」と答えた。

「なんだか妙な連中が、徒党を組んで出歩いてるってぇ報《しら》せが入ったもんで。ちょっくら様子を見に出てきたってわけでさぁ」

「この界隈《かいわい》じゃ見慣れねぇ野郎どもが数人で、街道を行ったり来たりしているらしいや。まさかこのお江戸で夜盗を働こうってぇ魂胆《こんたん》でもあるめぇが、吉原の近くで騒動なんか起こされたら困る。吉原に通って来なさるお客人にもご迷惑だ」

「妙な連中だと？」

「ふむ。面白い」

源之丞は興味をそそられた顔つきとなった。喧嘩《けんか》や騒動が大好物なのである。

「あっ、あれだ」

清の字が田圃の彼方《かなた》を指差した。源之丞も、美鈴も、振り返って夜目を凝らす。

千住宿へ向かう街道を、旅姿の者たちが北へ向かっている。

江戸の近郊ならば夜旅をする者は珍しくない。飛脚《ひきゃく》や商人、大名家の家来など大勢が行き交っている。だが、源之丞は異状を感じた。

「妙だな。あの恰好《かっこう》は百姓だぞ。百姓がなにゆえ夜中に急ぎ旅をしなければならぬのであろう」

「苗を植え忘れた田圃のことを思い出したんじゃねぇんですかい」

清の字の軽口に答える暇《ひま》もない。

「おっ、なんだあれは」

百姓の一行が通りすぎた後を、怪しげな風体《ふうてい》の男たちが十数人、人目を憚《はばか》るようにして追って行く。

「あの身のこなし、百姓ではないぞ」

江戸時代は職業によって人間が区分されていた。武士、百姓、町人などなど、歩き方からして違うのだ。遠目にも、どの社会階層に属しているのかがすぐわかるのである。

「ありゃあ、堅気《かたぎ》の者《モン》じゃあございやせんぜ」

清の字が緊迫した声をあげた。

「よし、曲者《くせもの》と決まった！　行くぞ！」

源之丞は勇躍《ゆうやく》、駆けだそうとした。

「いや、ここで待っててておくんなせぇ。会所の仲間を呼んでめぇりやすんで」

「間に合わんぞ」

源之丞は走った。

「ちょ、ちょっと源さん！　ええい困ったたな。お小姓様、あっしは会所の者を連れてめぇりやすんで、それまで殿サンを引き止めてやっておくんなせぇ！」

清の字は早口で美鈴に頼むと、吉原へ駆け戻って行った。

美鈴は源之丞と清の字を交互に見た。自分はどうするべきなのか。

「うちの旦那様を呼びに来ただけなのに」

源之丞などを頼ったばかりに、とんだ騒動に巻き込まれてしまったようである。

ともあれ美鈴は源之丞を追って走った。

街道上では乱闘が始まろうとしている。先を進む百姓たちに曲者たちが襲いかかったのだ。

「わあっ」と声が聞こえた。後ろから襲われた百姓たちの悲鳴だ。

曲者たちは手に手に何かを握っている。月光を反射させて光っている。匕首《あいくち》や長脇差《ながどす》を抜いているのだとわかった。

(曲者たちは、百姓衆を殺そうとしているのか)

美鈴も俄《にわ》かに焦りだした。乱闘の光景は見えるけれども、間には深田《ふかだ》が広がっている。畦道をどれだけ急いで駆けつけても、間に合いそうにない。

「いかんな」

源之丞も焦っている。

その時、畦道の向こうから仕事帰りの百姓がやってきた。農耕馬を引いていた。

「その馬、わしに貸せ！」

源之丞は馬に飛びついて跨《また》がった。

「あっ、お侍様、何をなさるだ！」

抗《あらが》う百姓を馬体で弾《はじ》き飛ばしながら源之丞は馬首《ばしゅ》をグルリと巡らせた。農耕馬なので当然だが、轡《くつわ》も手綱《たづな》もつけられていない。源之丞は両手で鬣《たてがみ》を引っ張って無理やりに馬首を操り、馬腹《ばふく》を蹴って駆けさせた。

（なんという無茶を……）

美鈴は源之丞の無鉄砲ぶりに呆《あき》れた。

源之丞は「うおおお――っ」と雄叫《おたけ》びをあげながら馬を駆けさせ、たまたま畦《あぜ》に刺さっていた竿《さお》を見つけ、片手でムンズと摑《つか》んで引き抜くと、槍《やり》に見立てて頭上で振り回した。

「曲者どもめッ、成敗してくれる！」

百姓と曲者たちの争っている中へ突入した。手にした竿で手当たり次第に、曲者も百姓もお構いなしに打ち据《す》えていく。

美鈴は源之丞の振舞《ふるま》いに仰天《ぎょうてん》した。

「と、止めなければ……！」

これではもう、どっちが曲者かわからない。一番の乱暴者は源之丞だ。美鈴は必死に足を急がせた。

源之丞は休まずに馬を駆けさせて、行き違いながら竿を振るう。

「ぎゃっ」

「ぐわっ」

馬蹄《ばてい》で踏みにじりかねない勢いだ。

「どうじゃ、参ったか！」

源之丞の高笑いの声が夜空に轟《とどろ》き渡った。


「おや。なんだろう。騒々しいね」

吉原の通りが騒がしい。四郎兵衛会所の若い衆たちが走り回っている気配だ。

「きっと喧嘩だろう。珍しくもない」

朔太郎は、関心もなさそうに盃を干した。

表通りの騒動がどんどん大きくなって、かつ、近づいてくる。叫び声や怒鳴り声が何度も聞こえた。

朔太郎も次第に不安な顔つきとなってきた。

「なにがあったのか見てきたほうがいいんじゃねぇのか」

「それじゃあ銀八を走らせましょう」

「その銀八はいないだろうよ」

などと言っているうちに緊迫した足音が階段を踏んで上ってきて、卯之吉が入った座敷に近づいてきた。

「旦那様！」

足音は美鈴のものであったらしい。美鈴が顔を覗《のぞ》かせた。

「おや美鈴様。ようこそお越しを。これこれお姐《ねえ》さんがた。お膳を一揃《ひとそろ》え、ご用意をお願いしますよ」

「わたしは飲みに来たのではございませぬ！　大変なのでございます！」

「何があったんだよ」

朔太郎が訊《き》いた。こんなときに卯之吉に喋《しゃべ》らせておくと、話が脇に逸《そ》れてしまって仕方がないことを知っていたからだ。

「近くの街道で、曲者たちが集団で、旅のお百姓衆を襲ったのでございます！

たまたま居合わせた源之丞様が駆けつけて――」

「曲者を退治したってのかい」

「いいえ、それが……、誰彼かまわず打ち据えてしまいまして……」

ドカドカと荒々しい足音が階下で聞こえた。

「お客様、困りまする！」

止めようとしている主人の声と、女たちの悲鳴、瀬戸物の割れる音などが連続して聞こえた。

「おう、卯之さん！　相変わらず派手にやっていやがるな！　お前《め》ぇの大好きな怪我人を連れて来てやったぜ！」

源之丞は両肩に一人ずつ、旅姿の男を担《かつ》いでいた。二人ともぐったりと失神している。

「ほぅらよ」

源之丞は二人を畳の上に下ろした。投げ捨てたと言ってもいいぐらいの乱暴さだ。百姓二人の身体《からだ》が転がった。

朔太郎は顔をしかめた。

「なんなんだよ、この二人は」

美鈴は首を横に振っている。

「源之丞様が打ち据えてしまったお人たちです……」

「馬鹿を言え。わしが打ったのは曲者たちだけだぞ」

「いいえ。わたしはちゃんと見ていましたから！」

朔太郎は「仕方がねぇなぁ」と言いながら、気を失った二人を調べた。

「確かに百姓だな。この手は農具を握って暮らす者の手だ。悪党の変装じゃなさそうだぜ」

源之丞はドッカリと腰を下ろして大あぐらをかく。

「おうッ、卯之さん！　得意の南蛮医術で息を吹き返してやってくれ！」

「勝手なことを抜かしてやがるぜ」

朔太郎はますます呆れた。

卯之吉は面白そうに微笑《ほほえ》みながら歩み寄ってきた。

「本当に源之丞さんは面白いお人ですねぇ。怪我人持参で吉原に遊びに来るなんて。そんな酔狂者は源之丞さんしかおりますまいよ」

朔太郎は（卯之さんの酔狂には負けてるよ）と思ったけれども黙っていた。

「どれどれ。なるほどこれは酷《ひど》く打たれていますねぇ。三日は腫《は》れが引きませんんよ」

卯之吉が治療に夢中になり始めたので、朔太郎は美鈴に質《ただ》した。

「それで、曲者たちのほうは、どうなったんだい」

「源之丞様の剣幕《けんまく》に恐れをなして逃げて行きました」

「捕まえなかったのかよ。お前ぇさんの腕前なら、悪党の一人や二人取り押さえるのは、わけもなかろうに」

「源之丞様がお百姓衆に乱暴を働くのを止めるので、精一杯だったのでございます」

「酷《ひ》ぇ話《で》だ」

朔太郎がチラリと源之丞に目を向けると、源之丞はまったく悪びれた様子もなく、

「暗くて見分けがつかなかったのだ」

と、言い放った。

朔太郎はますます呆れて返す言葉もない。代わりに美鈴に質した。

「源の字はああ言ってるが、お前ぇは何か見なかったか。曲者たちの素性が知れるようなものを」

美鈴は困った様子で懐《ふところ》をまさぐった。

「そのことなんですけれど、曲者たちは逃げる際にこれを落として行きました」

「提灯か」

美鈴が差し出した提灯を朔太郎は広げてみた。

そして「うっ」と呻《うめ》いた。

「……こいつぁ、荒海一家の提灯じゃねぇか」

「そのようです」

美鈴と朔太郎は、提灯に墨書《ぼくしょ》された〝荒海〟の二文字を見つめた。

「荒海一家が百姓を襲ったってのかい。それともこれは、卯之さんが命じたことだってのか」

「旦那様が、そんな悪事を働くはずがございません」

「ふむ？」

「その証拠に、旦那様は、ここ数日、町奉行所の役儀には一切かかわっておられません！」

「威張って言えることじゃねぇだろ」

朔太郎は腕を組んで考え込んだ。

「なんだって荒海一家は百姓衆を襲ったんだ。あいつらは確かに暴れ者の博徒だが、百姓相手に追剝《おいはぎ》を働くような真似はしねぇぞ」

「皆目《かいもく》、見当がつきませんね……」

その時、卯之吉が「おや」と声を漏らした。朔太郎は目を向ける。

「どうしたい」

「これは……、なんでしょうねぇ？」

怪我人の懐をまさぐって、一枚の紙を摘《つま》み出した。

「なんだえ？」

朔太郎も興味をそそられて覗きこむ。

「帳簿の一丁《ちょう》（ページのこと）のようだな」

「そのようです。帳簿に綴《と》じられていた一丁を、引きちぎって持っていたようですねぇ」

「こいつらにとってよっぽど大事なことが書かれてるのか、それとも隠しておきたい悪事が書かれているのか……」

「ふむ。検見《けみ》の台帳のようですねぇ」

検見とは、年貢を取る前に、その年の米の取れ高を役人が調べることをいう。

豊作の年と凶作の年とでは、取れる年貢の石高が異なる。飢饉《ききん》の年に平年どおりの年貢を取ったら百姓たちが一揆《いっき》を起こす。幕府は農村に毎年、役人を派遣して、作況指数を調べさせていたのだ。

「あたしども札差にとっても検見の台帳は大切なものですよ。その年の米の値が高くつくか安くつくか、台帳を見ればわかりますからねぇ」

「なるほどな……って、お前ぇ」

お前ぇは札差じゃなくて町方の同心だろうが、と、言いたかったけれどもグッと堪《こら》えて黙っていた。

周りに遊女や芸人たちがいるから、札差の若旦那の芝居をしているのか、それとも、自分が同心だという自覚がないのか、どちらであろうか。

「いいえ、これは検見の台帳ではございませんね。あっ、なるほど！　ははぁん、そういうことか」

一人で何事か納得している。

「なんだよ気持ち悪いな」

卯之吉は薄笑いを浮かべつつ「ふんふん」と楽しそうに問題の丁を眺めている。裏側にも記録が書かれている。何度もひっくり返して、読み直すと、懐にヒヨイと入れた。

「さぁて、飲み直しますよ〜! お姐さんがた、派手にやっておくれな〜」

立ち上がって早くも身をクネクネとさせ始めた。

「ちょっと待て。こいつらはどうする!」

「気を失っているだけですよ。そのうち息を吹き返します」

「役人に届け出なくてもいいのかよ」

「どうして?」

「悪党に襲われたワケありの連中だぞ。番屋で厳しく吟味するのが筋だろう」

「そうですかね? それじゃあお気の済むようになさってください。それ〜!

歌えや、踊れや〜」

三味線と太鼓の演奏が始まって、卯之吉は勇躍、踊り始めた。

「いいぞ卯之さん!」

源之丞は大盃を呷《あお》って上機嫌だ。自分が面倒な怪我人を担ぎ込んだことなど、すっかり放念している様子であった。

「まったくこいつらは……、どいつもこいつも……」

朔太郎は見世《みせ》の牛太郎《ぎゅうたろう》に、四郎兵衛会所の若い衆を呼ばせた。怪我人たちは四郎兵衛会所で預かってもらうしかないだろう。

美鈴と二人で手配に追われる。その間も卯之吉と源之丞は乱痴気《らんちき》騒ぎを繰り広げていた。

二

翌朝も日の出とともに気温が上がり、五ツの鐘が鳴るころ（午前八時ごろ）には、もう、うだるような暑さとなっていた。

南町奉行所の筆頭同心、村田銕三郎は、赤坂新町まで足を運んできた。夏物とはいえ黒羽織をきっちりと着けている。同心としての矜持《きようじ》がある。襟《えり》をはだけるなどもっての外だ。

キッと顔つきを引き締めて歩く。従う小者たちのほうは（もうウンザリ）という表情を浮かべていた。

目指すは荒海一家の店だ。暖簾《のれん》をくぐって踏み込むと、一家の若い者たちが一斉に、険しい目を向けてきた。

荒海一家の表稼業は口入れ屋だが、その本性は武闘派の侠客《きようかく》であり、博徒の集団だ。町奉行所の役人は天敵と言っても良い。

「こりゃあ村田ノ旦那」

寅三が腰を低くして挨拶《あいさつ》した。

「朝早くからお見回りですかい。貴《たっと》いことでござんす」

村田は「フン」と鼻を鳴らした。

「手前ェたちのほうこそ、朝早くから仕事とはご苦労なこったな。昨夜《ゆんべ》も遅くまで賭場《とば》を開帳していただろうによ」

「賭場？　なんの話ですかね」

寅三は抜け抜けとしらを切った。寅三は代貸、つまり三右衛門（貸元）の代わりに賭場を仕切る顔役である。

「まぁいい。今日は賭場の検《あらた》めに来たんじゃねぇんだ。やいッ、仁科半平太って名の浪人者に心当たりはねぇかよ」

「ございやすぜ」

寅三は正面から村田鋏三郎の眼光を受け止めて答えた。

「常陸や下野を流してやがった用心棒稼業の剣客ですぜ」

「そいつをどこへ匿《かくま》ったんだよ」

「あっしら一家が匿っていると言いなさるんですかい」

「そうだとも。仁科が江戸にいるこたぁわかってる。お前ら一家と繫がりが深《ふけ》ぇこともわかってるんだ。仁科が身を寄せる宿といったら、荒海一家ぐれぇしか考えられねぇ」

「冗談じゃねぇですぜ」

寅三が色をなしたその時、奥に通じる暖簾を上げて、三右衛門が顔を出した。

「お言葉を返すようですがね、村田ノ旦那。そいつぁお眼鏡《めがね》違いもいいところですぜ。ともあれ、お早うごぜぇやす。今日も朝から暑うござんすな」

「盗み聞きしていたんなら話は早い。仁科はどこだ」

挨拶を返しもせずに村田は尋問口調で質した。

「盗み聞きだなんて人聞きが悪い。旦那の大声なら隣近所にも聞こえてまさぁ。店先での立ち話ってのもなんです。どうぞあがっておくんなせぇ」

「そうさせてもらうか」

三右衛門の案内で村田は奥の座敷に入った。向かい合って座る。

「それで、どうなんだ。仁科の居所を白状する気になったか」

「せっかくのご詮議《せんぎ》を無駄にしちまって申し訳ねぇですがね、仁科先生にゃあ、ここ三年ばかり、お目にかかっちゃあおりやせんぜ」

「街道筋にゃあ手前ェの兄弟分が縄張りを構えているようだな。仁科は街道の侠客の手を借りて江戸に入ったんだ」

江戸の街道は基本的に、道中手形がない者は旅行ができないようになっている。手形を持たない悪党たちは、裏街道を牛耳《ぎゅうじ》る博徒たちの力を借りなければ移動ができないのだ。

「やい三右衛門。仁科を江戸に送り届けたのは手前ェの兄弟分だぞ。となりゃあ、仁科に宿を貸すのは手前ェしかいねぇだろう」

三右衛門はニヤリと不敵に笑った。

「そりゃまぁ、兄弟分に『頼む』と言われりゃあ断れねぇ。お役人様に逆らってでも、悪党の身柄を隠し通してみせやすがね」

「白状しやがったな」

「しかし今のオイラにゃあ、兄弟分よりもっと大事な親分がおりやす。八巻ノ旦那だ。憚《はばか》りながらこの三右衛門、八巻ノ旦那の手札を預かってるんだ。凶状持ちが江戸に入ったと知ったなら、真っ先に、八巻ノ旦那にご注進申し上げやすぜ」

三右衛門と村田は目から火花を散らしながら睨《にら》み合った。

「今の言葉に偽りはねぇだろうな」

村田としても、三右衛門の忠義と活躍は、認めていないでもない。これまでも八巻の手先となって数々の難事件を解決してきた。

村田は江戸の町人たちとは違い、卯之吉のことを辣腕《らつわん》同心とは思っていない。怠惰《たいだ》な日常をよく見知っているからだ。卯之吉があげた手柄の数々は、荒海一家の働きがあってこそだと理解している。

「まぁいい。せいぜい働け」

村田は腰を上げた。

「仁科を見かけやしたら、すぐにもご注進に伺いやすぜ。南町奉行所に。八巻ノ旦那の許へね」

「調子に乗りやがって。この俺の目を誤魔化《ごまか》せるなんて思うなよ」

村田は鼻息も荒く出て行った。

一人残された三右衛門は座敷の中で腕組みしている。表通りで村田を見送っていた寅三が戻ってきた。敷居の外の廊下に両膝をついた。

「村田は帰《け》ぇっていきやしたが、どうやら見張りを張り付けてったようですぜ。目つきの怪しいのが二人ばかり、うちの店先を見張ってまさぁ」

「放《ほ》っとけ」

三右衛門は考え込んでいる。

「ますます雲行きが怪しくなってきやがったぜ」

「銀八が帰っていないだと？」

水谷弥五郎が太い眉《まゆ》をしかめた。

「どういうことだ」

美鈴も心配そうに眉根を寄せている。

「銀八さんが断りもなく家を空けるなんて、考えられないのだけれど……」

役者の由利之丞は大きな欠伸《あくび》を漏らした。深刻には考えていない顔つきだ。

「若旦那に代わる、新しい御贔屓《ごひいき》を摑んだんじゃないの」

「それはない」

「ありえませぬ」

水谷と美鈴は即座に言い切った。

ここは八丁堀にある卯之吉の屋敷。台所で三人が額《ひたい》を集めて思案している。

「今日はご出仕の日なのに……。お供の銀八さんがいてくれないのでは困るのです」

由利之丞は首を傾《かし》げた。

「若旦那だって子供じゃないんだ。町奉行所ぐらい、一人で行けるだろ」

「旦那様を大人扱いされては困ります」

美鈴は首を横に振った。

「お一人では着替えもできないんですから」

ハッと何かに気づいた顔つきとなる。

「由利之丞さん、旦那様を起こして、着替えを手伝って差し上げてください」

「なんでオイラが」

「ですから、旦那様はお一人では着替えもできないのです」

「美鈴さんが手伝ってやればいいだろ」

美鈴は顔を赤く染めた。

「夫婦でもないのに、そんなことはできません！」

普通の女人が相手であれば、ここでからかってやるところだが、なにぶん美鈴は普通の女人ではない。うっかり怒らせたら腕の骨の二、三本はへし折られてしまう。迂闊《うかつ》にからかうこともできない。

水谷弥五郎は腕組みをした。

「ともあれ、今日一日ぐらいはお前がお供を買って出てもいいだろう」

水谷弥五郎と由利之丞がここに顔を出したのは、銭の蓄《たくわ》えが尽きてしまったからである。このままでは家賃も払えない。どうしても日銭が必要だった。

「わかったよ。やりゃあいいんだろ」

由利之丞は雪駄《せった》を脱いで屋敷に上がった。

「ご出仕は四ツ（午前十時ごろ）ですので、急いでね」

由利之丞は「あいよ」と答えて奥へ入った。

「それにしても、銀八め、どこへ行ったのであろうな。心当たりはあるのか」

水谷に問われた美鈴は頷《うなず》いた。

「三番町の旗本屋敷で働く娘さんから、銀八さん宛に文が届きました。文はここに。銀八さんが『旦那様に見ていただくように』と言って、置いていきました」

「なんじゃこれは」

美鈴が差し出した紙片を見て、水谷弥五郎は首を傾げた。

「棒が引っ張ってあるだけではないか」

「皺が寄っていますので、紙縒《こよ》りにしてあったようですね」

「どこの屋敷から届けられたのだ」

美鈴は台所の大福帳を捲《めく》った。忘れてしまいそうなことは書き留めておく。

「三番町の柳井様のお屋敷だと商人は言っていました。それともう一枚、つたない手跡《て》で書かれた文がありましたが、そっちは銀八さんが持って行きました」

「なんと書いてあったのだ」

「知りませぬ。人に宛てられた文を読むような真似はいたしませぬ」

水谷弥五郎は「ううむ」と唸った。

「良い心がけだが、この際は困ったことだな。どういうわけがあって銀八が呼び出されたのか、それだけでもわかれば良いのだが」

水谷弥五郎は横目で竈《かまど》を見た。飯が炊きあがって良い匂いを漂わせている。

「まずは腹ごしらえだ。飯をくれ」

「どうしてあなた様にご飯を差し上げなければならないのですか」

「銀八の代わりに八巻氏《うじ》のお供を務めるのだ。銀八の分の飯を食っても罰は当たるまい」

銭がなくてここ二日ばかり満足に飯も食っていない。

仕方がないので美鈴は水谷弥五郎の膳を用意してやった。

水谷が食事を終えて白湯《さゆ》を飲んでいる頃に、ようやく卯之吉が起き出してきた。

後ろには疲れ切った顔つきの由利之丞がいる。

「やっと起きてくれたよ……。人一人を起こすために、これほど精根《せいこん》使い果たしたのは初めてだ……」

本気で疲れ切った顔をしている。一方の卯之吉はまだ半分寝ぼけ眼《まなこ》で、日向《ひなた》で居眠りをする猫のような表情を浮かべていた。

三

卯之吉は寝ぼけ眼で南町奉行所へと向かう。フラフラと頼りない足どりだ。

「大丈夫かなぁ。掘割に落っこちなけりゃいいけど」

江戸には大小の掘割（水路・運河）が巡らせてある。江戸の隅々《すみずみ》にまで荷を運ぶためだ。

落下防止の手すりなどはない。よく注意してやらないと、転落してしまいそうだ。

「子供みたいに世話がやけるなぁ」

大人扱いするな、という美鈴の物言いはまったく正しい。

「銀八さんも、ああ見えて気苦労の絶えない仕事をしていたんだなぁ」

銀八をちょっと見直す気分になった。

南町奉行所は、江戸城の石垣と、水堀と、白漆喰《しっくい》の城壁によって囲まれた廓《くるわ》内にある。この廓内は俗に〝大名小路《だいみょうこうじ》〟と呼ばれていた。老中や若年寄など、幕府の重職の屋敷が軒を並べていたからだ。

大名小路に入って進み、南町奉行所の耳門《じもん》をくぐる。眩《まぶ》しい白砂が撒《ま》かれた庭の向こうに町奉行所が建っている。

「ここから先は、オイラは入れねぇから。それじゃあ、気をつけてお行きなよ」

由利之丞は卯之吉を建物の中に送り届けた。

「やれやれ。朝から大仕事だった」

南町奉行所の門をくぐって出る。大名小路の通りに目を向けると、水谷弥五郎の姿があった。卯之吉と由利之丞がしくじりをしないように、背後から見張ってくれていたのだ。

水谷弥五郎は実にむさ苦しい男なのだが、江戸にいる時は無精髭《ぶしょうひげ》も剃り、それなりに身ぎれいにしている。田舎大名に仕える剣術指南役ぐらいには見える姿だ。

「さぁて、弥五さん、そこいらを一回りしてみようじゃないか」

「なにを言っておるのだ」

「だってさ、せっかくお城の中に来たんだぜ。見物していかなくちゃもったいないじゃないか」

正確に言えば、日本橋などの町人地も江戸城内なのだが、石垣と水堀の内側はまた別格である。

大名小路は町人も出入り自由なのだが、用もないのに足を向けることはない。由利之丞のようなお調子者でも、さすがにこの一角は恐ろしい。

「だけど今日は、南町の同心様のお供っていう立派な口実があるからね。お役人様に見咎《みとが》められても、牢にぶち込まれる心配はないよ」

由利之丞はシャナリと見得《みえ》を切った。

「お大名屋敷の門前を流していれば、オイラの姿がお大名様の奥方様やお姫様の目に留まって、望外《ぼうがい》の御贔屓を頂戴《ちょうだい》できるかもしれないじゃないか」

水谷弥五郎は呆れた。

「大名家の奥方や姫君が、表通りが臨《のぞ》める場所におられるはずがないだろう」

「ともあれ行ってみようよ」

「大名屋敷の塀など眺めて回っても、面白いことなど何もないぞ」

そんな遣《や》り取《と》りをかわしながら通りを歩きだした、その時であった。

「そちらを行かれまするは、八巻様ではございまさねぇべか」

下総訛《なま》り丸出しの声を掛けられた。

「あっちがご老中様のお屋敷だね。さすがにご立派な御門だなぁ」

「八巻様？」

「おい、呼ばれておるぞ」

水谷弥五郎に注意され、ようやく由利之丞は、

「えっ、オイラのこと？」

目を向けると、恭《うやうや》しげに腰を屈《かが》めた金五郎の姿があった。

(ああ、銀八さんの伯父《おじ》さんかぁ)

由利之丞は金五郎の前で南町の八巻として振る舞ったのである。由利之丞は咄《とっ》
嗟《さ》に同心芝居に入った。

「おう、金五郎かい。こんな所で出会うたぁ奇遇もいいところだ。どうしたい。

江戸見物か」

肩を揺らしながら堂々とのたまう。しかもここは南町奉行所の門前に近い。

「芝居が本業とはいえ、たいした度胸だな」

水谷弥五郎は小声で呟《つぶや》いた。感心しているのか、呆れているのか、半々だろう。

金五郎が擦り寄ってくる。

「八巻様こそ、そのようなお姿でどうなさったんだべか。同心様は、黒羽織のお姿だと心得ておりましたべ」

由利之丞は気障《きざ》な薄紫の着流し姿だ。同心には見えない。同心に仕える小者にも見えないだろう。

ところが由利之丞は怯《ひる》まない。

「おいおい。オイラの役儀を忘れてもらっちゃ困るぜ。オイラは隠密廻同心。役儀とあれば町人にだって化けるのさ」

水谷弥五郎はますます呆れた。

「調子の良さだけは千両役者だ」

金五郎は素直に感心している。

「お役者と見紛《みまが》うばかりのお姿でございますべぇ」

逆に言えば同心には見えないということなのだが、由利之丞は深く考えもせずに得意満面になっていた。

「それでお前はお江戸見物か。なんならオイラが案内してやってもいいんだぜ」

大名小路に足を踏み入れたのは初めてのくせに、堂々と言ってのけた。

「いえいえ。そうではございませぬ。八巻様をお訪ねして参ったのでございますべぇ。八丁堀のお屋敷を伺《うかが》ったら、今日はご出仕の日だと言われましたもんだで」

「おう、そうかい。オイラの屋敷を訪ねてくれたのかい。それで、いったいなんの用件だ」

「実は、手前が村から連れ出して、さるお旗本のお屋敷に奉公させた娘が、行《ゆ》き方《かた》知れずとなったのでごぜぇやす」

「武家屋敷奉公の娘が姿を消した……」

由利之丞はいっぱしの顔つきで、推理をしているかのように振る舞っている。

「オイラが見立てるに、そりゃあ家出だ。屋敷奉公が辛くなったか、あるいは男でも拵《こしら》えたかして、お屋敷を抜け出したのに違《ちげ》ぇねぇぜ」

長屋の井戸端の女房連中でも思いつきそうな推理を、もっともらしい顔で披露した。

金五郎は難しい表情を浮かべている。

「そうとは思えませねぇ。その娘がいなくなったのは、夜中のことなのでござるべぇ」

「男が迎えに来たのか、あるいは男のことが恋しくなって、居ても立ってもいられなくなったのだろうぜ」

「お武家様のお屋敷を夜中に抜け出したりしますべぇか」

由利之丞は辣腕同心ではない。難しいことを考えるのは苦手だ。

「村の娘のことよりも、とっつぁんよ、手前《てめ》ェの甥《おい》っ子の心配をしたほうがいいんじゃねぇのかい」

「なんと仰《おお》せだべ」

「お前ぇは知らねぇのかい。銀八が昨夜《ゆうべ》から戻ってこねぇのよ」

「そりゃあ本当だべか！」

金五郎の顔色が変わった。満面に緊張を走らせた。

しかし由利之丞はまったく気づかずにニヤニヤと下卑《げび》た薄笑いを浮かべた。

「その娘っ子と銀八め、どこぞの出合《であい》茶屋にでもしけこんでるんじゃねぇのか。オイラの見立てじゃあ、それで間違いねぇな」

「や、八巻様……！　急いでお手配をお願ぇしたく存ずるべぇ！」

「おいおい大げさだなぁ。二人でしっぽりとしげりあってるところへ捕り方を率いて乗り込めってのかい。ハハハ。とんだ野暮《やぼ》の天神様だぜ」

「笑い事ではねぇんでございます」

「わかった、わかった。この俺に任せておけぃ。なんといっても南北町奉行所一の同心なんだからな」

由利之丞は高笑いの声を響かせながら歩きだした。どこへ歩いて行くつもりなのか、わからない。

きっと芝居の舞台から花道を通って退場する千両役者の気分に浸っているのに相違なかった。


「……という次第なのだ八巻氏」

水谷弥五郎が卯之吉に説明した。

ここは神田鍛冶町《かじちょう》の甘味処《かんみどころ》。冷やっこくて甘い物が食べたいと思った卯之吉がフラリと立ち寄った店だ。

若い娘たちが集《つど》っていて、水谷弥五郎にとっては地獄のように居心地が悪い。

「そなたは町奉行所の役人なのに、よくもこんな店に立ち寄れたものだな」

「なにかまずいことでもありますかね」

卯之吉は街中を流す際には町人の着物に着替える。隠密廻同心だからではない。重い刀を差して歩くのが嫌だからだ。

卯之吉は柚子羊羹《ゆずようかん》を口にしてモグモグしている。店の中の娘たちが目引き袖引きしながらこちらの様子を窺《うかが》っていた。

「ねぇ、あの人、お役者かしら？」

「もしかして、市村座《いちむらざ》で売り出し中の中村月乃助《なかむらつきのすけ》じゃない？」

「ほんとうにお綺麗《きれい》……」

卯之吉は〝江戸三座の役者よりも美しい〟と評判の男だ。

しかし卯之吉は自分が囁《ささや》かれているとは、まったく思っていない。

店中の娘たちの視線が集まる。その視線が水谷弥五郎にとっては飛び交う蠅《はえ》のように煩《わずら》わしい。

「あの大男は何者かしら」

「金剛《こんごう》さんじゃないの」

金剛とは、人気役者につけられる用心棒のことだ。

（ええい、わしのことを勝手に忖度《そんたく》するでないッ）

女嫌いの水谷弥五郎。若い娘はいちばん嫌いで苦手だ。蕁麻疹《じんましん》が出てきそうである。

一方の由利之丞は、若い娘たちの目を意識して、気障な姿で窓辺に腰掛けている。こちらもまぁ、江戸三座の役者の端《はし》くれなので、娘たちの目を惹《ひ》かないでもなかった。

由利之丞は、卯之吉ではなく自分が娘たちの目を集めているものと信じていた。卯之吉も太平楽だが、由利之丞も負けず劣らずの太平楽なのだ。

卯之吉はコックンと喉を鳴らして柚子羊羹を飲みこんだ。

「ああ、美味《おい》しい」

「わしの話を聞いておるのか！」

「聞いてますよ」

「銀八と、銀八の許嫁《いいなずけ》がともにいなくなったのだぞ。心配ではないのか」

「心配ですねぇ」

「わしの見るところ、銀八はああ見えて義理堅い男だ。長年世話になったお主に挨拶もなく、姿を消すことなどありえまい」

由利之丞が横から無責任な口を挟んでくる。

「心中じゃないのかい」

水谷弥五郎は首を横に振る。

「身分違いの恋や、周囲に反対されている仲ならともかく、許嫁同士で心中したり、駆け落ちしたりなどするものか」

卯之吉は天井のほうを見上げて薄笑いを浮かべた。

これが思案する時の顔つきなのだが、そうとは思わぬ水谷弥五郎は、

(気味の悪い顔で笑っておるぞ)

と思ったし、由利之丞は、

(何もない天井なんか見つめてらぁ。猫みたいだなぁ)

と思った。

「それじゃあ行ってみましょうかね」

「どこへ」

「もちろん、そのお旗本のお屋敷へ、ですよ」

卯之吉は腰を上げた。

四

フラフラと頼りない足どりで表通りを歩く。水谷弥五郎と由利之丞がついていく。

さらにその後ろには、若い娘たちがゾロゾロと従った。

由利之丞は首を傾げている。

「娘っ子たちを引き連れてお旗本屋敷なんかに行ったら、お叱《しか》りを被《こうむ》るんじゃないのかねぇ？」

「叱られるのは娘たちだ。わしじゃない」

「こんなに目立つ隠密廻同心様がいていいもんだろうか」

美しく着飾った娘たちを従えているのだ。絶対に同心には見えないだろうが、さりとて隠密裏に探索をする姿でもない。

水谷弥五郎はムスッとして不機嫌だ。

「その前に、だ。どう見てもこの道は、番町へ通じる道じゃないぞ」

「どこへ行くんだろ、若旦那は」

卯之吉は日本橋の通りを南に向かって、室町《むろまち》に入った。

「ああ、三国屋さんだ」

江戸一番の札差にして両替商。ついでに江戸一番の悪徳高利貸しでもある三国屋の店構えが見えてきた。

卯之吉はヒョイと暖簾をくぐった。

「ただいま帰りましたよ」

「お帰りなさいませ若旦那様」

手代や丁稚《でっち》小僧が挨拶を返す声が聞こえた。

卯之吉は三国屋においても、同心株を買って同心になった事実を隠されている。余所《よそ》の店に預けられ、商人の修業をしているのだと信じ込まれていた。

由利之丞と水谷弥五郎は表で待つ。

「お旗本の屋敷に行くんじゃなかったのかい」

由利之丞が首を傾げていると、卯之吉が出てきた。

「キャーッ」と黄色い歓声が上がる。ついてきた娘たちだ。水谷弥五郎と由利之丞はびっくりした。道行く人々も驚いてこちらを見ている。

周囲の商店のお店者《たなもの》たちも驚いた様子であったが、騒ぎの中心に卯之吉の姿を認めると、（ああ、またあの放蕩者《ほうとうもの》の若旦那が、妙な酔狂を始めたのか）と理解して、自分の商いに戻っていった。

卯之吉に続いて、手代の喜七《きしち》が出てくる。卯之吉が同心になった事情を知る数少ない一人だ。

「それじゃあ行きましょう」

卯之吉がほんのりとした笑顔を水谷弥五郎に向けた。

「どこへ行くのだ」

「ですから、お旗本の柳井様のお屋敷ですよ」

「手前もお供をいたします」

喜七が頭を下げた。卯之吉はフラフラと歩みだしている。

娘たちがまた歓声を上げた。水谷弥五郎の目には、フラフラと歩いているように見えるのだが、娘たちの目には小粋な姿に映っているらしい。

卯之吉は神田川を渡って番町に入った。江戸の中心部（町人たちにとっての）からはずいぶんと離れた所だ。

「まだ、娘たちがついてくるではないかッ」

何人もの着飾った娘たちがゾロゾロと従っている。さながら振袖《ふりそで》の展示会だ。

水谷弥五郎は憤《いきどお》っているが、由利之丞は鼻高々である。

「オイラの人気もたいしたものだねぇ」

その勘違いこそたいしたものだ。と水谷は思ったのだけれど、黙っていた。

問題の屋敷は三番町にある。坂道を上って行く。

ふと、卯之吉が足を止めた。

首を伸ばして、足元の地面を見つめている。

「どうしたのだ」

水谷弥五郎は歩み寄ろうとして、こちらも「ムッ」と眉根に緊張を走らせた。

「どうしたんだい弥五さん」

由利之丞だけが怪訝《けげん》な顔だ。

弥五郎は「見ろ」と足元を指差した。由利之丞は身を屈めて、それから首を傾げた。

「なんだい？　ただの地べたがあるだけだろ」

「この地は血を吸っておる」

「えっ？」

卯之吉も妙な微笑みを浮かべながら顔を向けてきた。

「そうですねぇ。これは血の臭いだ。おそらく昨夜遅くに、ここで誰かが血を流したのでしょうよ」

「時刻までわかるってのかい」

さすがは南町一と謳われる辣腕同心――由利之丞は卯之吉を見直す気持ちになりかけた。

卯之吉は不気味な薄笑いを浮かべている。

「そりゃあまあ、あたしだって蘭方医の端くれですから。手術で流れた血が一晩経てばどんな臭いになるのかぐらいは知ってますよ」

「ああ、そっちかい」

相変わらずズレている。

卯之吉は首を傾げている。

「まさか、銀八が斬られたんじゃないでしょうねぇ」

「刃傷沙汰《にんじょうざた》かいッ」

由利之丞は驚いたけれども、すぐに考え直した。

「だけどさ、若旦那。近くの番屋では、なんの騒ぎにもなっていなかったよ。もしも銀八さんが斬られたってのなら、大騒ぎになっているはずじゃないか」

「いや。だからといって、人斬りがなかったとは言い切れぬ」

答えたのは水谷弥五郎だ。

「あそこに辻番があるだろう。辻番で番しておるのは武士だ。武士は名誉を重んじる。曲者に斬りつけられたとしても、恥を晒《さら》すのを恐れて、秘匿《ひとく》することはありえる」

水谷弥五郎は腕を組んで考え込んだ。

「これは紛《まぎ》れもなく血だ。辻番の近くで人が斬られたのだ。しかし辻番は知らぬ顔を決め込んでおる。八巻氏、昨夜あの辻番に詰めておったのがどこの家中か、調べておいたほうが良さそうだ——って、おい、聞いておるのか！」

卯之吉はスルスルと歩みだしている。もう血痕《けっこん》には関心を失くした、という風《ふ》情《ぜい》であった。

五

柳井家に仕える用人が、足音を立てないように静かに歩いて、奥の棟にやってきた。

用人とは、旗本の家の財政や、主人の役職を補佐する行政官である。大名の家でいえば家老に相当する。

柳井家の用人は四十ばかりで、中肉中背、四角い顔の男であった。太い眉毛が八の字になっている。目は小さなどんぐり眼《まなこ》だ。

「何事です。騒々しい」

房江刀自は奥座敷で生け花に励んでいるところであった。パチリと花の茎を切る。用人が足音を忍ばせていたのにもかかわらず、煩《わずら》わしげな顔をした。

用人は衣擦《きぬず》れの音すら立てぬように気をつかいつつ、廊下で両膝を揃えた。

「お騒がせして、まことに申し訳次第もございませぬ」

ほとんど無音で足を運んできたはずだが、房江は極度の癇性《かんしょう》（神経質）である。ほんのわずかな物音ですら気に障《さわ》って仕方がないのだ。

「なんなのです」

「ハハッ。表に三国屋の者が参りました」

「三国屋？　何者です」

「日本橋室町に店を構えまする、札差にございまする」

「商人、物売りですか。用はないと言って追い払いなさい」

房江は公家の家で育った女人なので、世事に疎《うと》いところがある。

「畏《おそ》れながら、そのお考えは、よろしくなかろうと存じまする。札差は公領の年貢米を銭に換える商いを請け負っておりまする。公領の百姓にも、お上の勘定奉行所にも、通じておりまする」

房江は鋏《はさみ》を毛氈《もうせん》の上に置いた。

「その者、なにゆえ、急に訪《おとな》いを入れて参ったのか」

「皆目、見当もつきませぬ。ですが、昨夜のこともございますれば、油断はなりませぬ」

「言われるまでもない！　そのほう、追い払って参れ」

房江は簡単に命じると生け花に戻った。


（なんとも不可思議な四人連れだな）

用人は「三国屋の若旦那だ」と名乗って乗り込んできた一行を見た。

真ん中に座っているのは浮世離れした顔つきの若い男で、先ほどから頻《しき》りに、庭の造作を気にしている。

もう一人は軽薄そうな若い男で、色男を気取っているのか、いちいち仕種《しぐさ》が気《き》障《ざ》である。しかもその色男ぶりがまったく板についていない。ドサ回りの三文《さんもん》役者を思わせる垢抜《あか》けなさだ。

由利之丞はこれでも江戸三座の歌舞伎役者で、ドサ回りの役者を思わせる、などと言ったら激怒するに違いないのだが、実際にそのとおりなのだから仕方がない。

もう一人はむさ苦しい大男で、一目で武芸者だとわかった。若旦那の用心棒であろうか。

斜め後ろに控えている三十男は、三国屋の手代であろう。この男だけがまともそうな顔をしている。

いずれにしても油断はできない。この得体の知れなさが、かえって恐ろしく感じられた。

「して、三国屋。本日は何用あっての推参《すいさん》か」

三国屋は、筆頭老中の本多出雲守と通じており、幕政をも左右するほどの豪商だが、身分はあくまでも商人である。用人は権高《けんだか》に声を掛けた。

「はぁ。それにしても、お見事な築山《つきやま》と、松の枝振りでございますねぇ」

若旦那があまりにも間の抜けたことを言った。用人は、

（小癪《こしゃく》な）

と思った。わざと話をはぐらかし、こちらを苛立《いらだ》たせ、失言を誘う小細工なのだと考えたのだ。これが卯之吉の本性だとは、まったく思ってもいない。

左様《さよう》ならば、と調子を合わせてやることにした。

「なかなかに目が肥えておるようだの。いかにもこの松は、番町でも指折りの古木じゃ。東照神君様の入府の前からこの地に植わっていたと聞くぞ。さてはそのほう、当屋敷の庭の評判を聞きつけて見物に参ったか」

用人は白々《しらじら》しく笑みを浮かべて見せた。この程度の腹芸《はらげい》ができないようでは大《たい》身《しん》旗本の用人は務まらない。

卯之吉は「いえいえ」と答えた。

「松はたまたまでございますよ。それにしても素晴らしい枝振り。眼福《がんぷく》でございましたねぇ」

「そのほう、札差をやめて植木職人になればどうか」

「それも一興でございますねぇ。面白そうな仕事でございます」

「おいおい」と由利之丞は卯之吉に囁き掛けた。

「そんな話をするために、こちらに来たんじゃないだろう」

「ええと、なんの用で来たんでしたっけかね」

由利之丞は、付き合っていられない、という顔となった。

「御用人様、オイラたちがこちらをお訪ねした、そのわけなんですがね」

「なんじゃ」

「こちらのお屋敷で、おようってぇ田舎娘が働いてたでしょう？　どこへ行っちまったんですかね」

用人は「知らん」と答えた。

「当家で暇を出した者が、当家を出た後でどこへ行ったのかなど、こちらの預かり知らぬことじゃ」

「その娘にですね、文で呼び出されて、こちらのお屋敷をお訪ねした者《もん》まで、姿を消しちまったんですがね」

「知らんな」

「表の通りには血が流れてましたけど、それも知らんとおっしゃるので？」

用人の顔色が変わった。

「なんじゃ貴様は。先ほどからの不躾《ぶしつけ》なる物言い！」

由利之丞は不敵にニヤリと笑って見せた。

「オイラが何者かとお尋ねですかい。それほどまでにお尋ねなら教えて進ぜましょう。南町奉行所の同心、八巻卯之吉と、その手下たちたぁ、オイラたちのことですぜ」

「南町の八巻じゃとッ？　貴様が……」

用人は愕然《がくぜん》として声を失った。

「おいおい」と、水谷弥五郎が由利之丞の耳元で囁いた。

「勝手に話を進めてはならぬ」

「だってさ、若旦那はあの様子だよ」

卯之吉は庭の造作に夢中で、こちらの話は一切耳に入っていないらしい。卯之吉は病的なまでの風流人だ。いったん興趣《きょうしゅ》を催してしまったならば、一刻（二時間）でも飽かずに眺めている。

「それに、オイラは嘘なんかついちゃいないさ」

自分が八巻だとは言っていない。

「だからと申して――」

「弥五さん、大金を脅し取る好機だよ。あの御用人様を見てご覧よ。何か隠しておきたいことがあるってぇ顔つきだ。ちょっとつついてやれば、小判を何枚も寄越すに違いないよ。まぁ、任せておきなって」

由利之丞は金銭がかかると途端に大胆になる。堂々たる態度で座り直した。

「いなくなった男というのは、何を隠そう、八巻家に仕える小者でござってな」

ニヤリと笑って、用人の顔を覗きこむ。

「はてさて。いったいいずこへ行ったものやら」

用人はまたもや仰天した顔つきだ。

「八巻殿ッ、いったい、我らの何を探っておられたのだッ」

「探られて困ることでもあったのですかぇ？　おっと、多くを語るまでもねぇですぜ。南町の八巻は千里眼と噂されるほどの眼力を誇っておりやす。こちらで勝手にお見通しだ。御用人様に口を開いていただく迄《まで》もないことですぜ」

すっかり同心芝居に浸りきっている。不敵な笑みを浮かべて用人を睨《ね》め上げてみせた。

用人と由利之丞は無言で睨み合う。その場の流れでこうなった。由利之丞自身、どうして睨み合っているのか良くわかっていなかったであろうが、その場の流れだ。

意味のよく分からぬ緊迫感を卯之吉の間延びした声が破った。

「確か、こちらの先代様は、京都町奉行所にお勤めでございましたねぇ」

用人はしかつめらしい顔を取り繕って、重々しく答えた。

「いかにもじゃ」

「その先代様も昨年お亡くなりに……。天下万民《ばんみん》のために、もったいない御方を失くしましたねぇ。衷心《ちゅうしん》よりお悔やみ申し上げますよ」

「それは丁寧なる挨拶、確かに受けた」

「京都町奉行所は朝廷とのかかわりの多いお役所にございます。さぞや物入りでございましたでしょうねぇ」

「役儀に関わる費《つい》えの多い役職であったが、そなたに案じられる筋合いはない」

「いえいえ。こうしてお目にかかるのがあと数年も早かったなら、三国屋のほうで金子《きんす》の融通《ゆうずう》をつけさせていただきましたものを――と、残念に思っておる次第でございますよ」

用人の顔色がまたもや変わった。探るような目で卯之吉の顔を睨みつけている。怖い顔をしているが、内心の動揺が透けて見えるようであった。

「……三国屋は悪名高い高利貸しじゃ。借金などまっぴらであるぞ」

卯之吉は素知らぬ顔で微笑んでいる。

「いえいえ。京都町奉行所の柳井様ならば、どれだけお貸ししても貸し倒れはございますまい。京の町衆やお寺様は、銭をたっぷりと貯《たくわ》えていらっしゃいますからねぇ。三国屋に差配を任せていただければ、京都町奉行所のお役目に託《かこ》つけて、いくらでも搾《しぼ》り出させてご覧にいれましたものを。本当に残念」

「どこまで阿漕《あこぎ》な悪徳商人なのだ」

用人は苦々《にがにが》しげな顔をした。しかしその顔は（その手があったか）という本心が隠しきれていない。

由利之丞は水谷弥五郎の袖を引いた。

「今日の若旦那は、三国屋の大旦那さんみたいな物言いをしているよ」

「素で言ってるのか、芝居なのか、よくわからんな」

卯之吉にはその囁きは聞こえない。

「それに、でございます。柳井家は下総に三千石の御領地をお持ちでございますよ。いかほど銭をお貸ししても、取りはぐれる、という心配はございませぬ。それではこれで」

話の途中でいきなり卯之吉は腰を上げた。

用人は驚いた。

「帰るのか」

「いいえ。これより下総に赴《おもむ》くのですよ。柳井家の御領地から、いかほどの銭を搾り取れるのか、この目で確かめて参ろうと思いまして」

卯之吉は用人に微笑みかけた。

「案ずることはございませぬ。手前ども三国屋が綺麗に片づけてご覧に入れましょう。万事、手前にお任せくださいましよ。ホホホ」

「……そなたは、いったい何を……」

「さぁ八巻様、参りましょう」

絶句した用人を尻目《しりめ》に、卯之吉は由利之丞を促し、スラリと立ち上がった。

第五章　筑波《つくば》颪《おろし》

一

　南町奉行所の筆頭同心、村田銕三郎は、小者《こもの》たちを引き連れ、血相《けつそう》を変えて赤坂新町へ駆け込んできた。

「やいッ、三右衛門ッ、おるか！」

　荒海一家の店に踏み込むなり、叫んだ。

　店の奥から銀公が出てきた。大きな体格だがしまりのない顔をしている。

「誰もおりやせんよ。留守番を言いつけられたのはオイラだけで——」

「なんだとッ、三右衛門はどこへ行きやがったッ」

　村田はいきなり銀公の襟《えり》を両手で摑《つか》んでギュウギュウと締め上げた。

「ぎゃあっ、苦しいッ、お助けッ」

「四郎兵衛会所から報《しら》せが届いたぜ！　昨夜《ゆんべ》は浅草《あさくさ》の辺りで追剝《おいはぎ》を働きやがったそうだな！　荒海一家の提灯《ちょうちん》を確かに見たってヤツらがいっぱいいるんだ！　誤魔化《ごまか》そうったってそうはいかねぇぞ！」

「待っておくんなせぇ。なんのことやらオイラにはさっぱりだ。ぐるじいっ、放して」

村田は銀公を突き飛ばした。

「一家はどこへ行きやがったんだッ」

銀公は尻餅《しりもち》をついて情けない顔をした。

「みんなで草鞋《わらじ》を履いて、出て行きやしたよ……。オイラは一家に入ってまだ日が浅いもんで、何も教えてもらってねぇんですよ……」

「草鞋を履いて出た、だとッ？　クソッ、江戸の外へ逃げる気か！」

村田は表通りに飛び出して行った。

「親分たちが出立《しゅったつ》したのは今朝早くですから、今から追っても、間に合わねぇと思いやすがねぇ」

銀公はそう言ったが、村田の耳に届くはずもなかった。

村田が焦っているのには理由があった。町奉行所の同心は、江戸の町から外へは出ることができない。職権の及ぶ範囲が江戸市中に限られていたからだ。

ところが、南北の江戸町奉行所の同心の中でも特例として、江戸の外で探索や捕縛の活動を許されている者がいた。

それが隠密廻同心である。


卯之吉は「ふわあっ」と大きな欠伸《あくび》を漏らした。

「眠いねぇ」

町駕籠《かご》に乗っている。駕籠を担《かつ》いだ二人の、後ろ側の男が呆《あき》れ顔となった。

「駕籠ン中で居眠りなんかして、落っこちないように願いやすよ。お客人を振り落として怪我させたァなんてことになったら、こっちが親方からブン殴られるんですから」

「あんたたちの駕籠かきがとても上手だから、ついつい眠くなっちまうんだよ。ああ、雲の上を飛んでるみたいな心地だ」

「お天道様の下を走るこっちは、たまらねぇですよ」

真夏の炎天下で働く者など滅多《めった》にいない。江戸はそれぐらいのんびりとした町だ。

駕籠かきたちも木陰《こかげ》で身を休めていたのだが、卯之吉が弾んだ酒手《さかて》（チップ）に目が眩《くら》み、卯之吉を乗せて走りだした。

一路、千住の宿場を目指す。駕籠の後ろには、喜七と水谷弥五郎と美鈴が従っている。この三人から遥《はる》かに遅れて由利之丞が、ヒィヒィと泣き言を漏らしながら走っていた。

「いったいどこへ駆けつけようというのだ」

水谷弥五郎が駕籠の中の卯之吉に向かって質《ただ》した。こちらは息も乱していない。さすがに鍛えあげた剣客だ。

卯之吉は答える。

「下総ですよ。千住から松戸《まつど》まで行って、川を渡って、下総に入ります」

「なにゆえ下総などに」

「柳井様の御領地があるのです。ちょっと驚いたんですがね、喜七に調べさせたところ、金五郎さんやおようさんの在所が、柳井様の御領地だったのです」

喜七が走りながら揉《も》み手をしている。

「手前ども三国屋には、お旗本様の御領地の台帳は揃っておりますので、どなた様の御領地がどちらにあるのかなどはすぐに突き止められまする」

札差は関八州の公領を巡る仕事だ。喜七も旅慣れていて健脚だ。ちょっと走ったぐらいではへこたれる様子もない。

卯之吉は「うん」と頷《うなず》いた。

「昨日、曲者《くせもの》に襲われたお百姓たちが隠し持っていたのは、御賄《おまかない》仕《し》法帳《ほうちょう》の一丁《ちょう》でしたよ」

「なんだそれは」

水谷弥五郎は早くも頭が痛くなったような顔をした。難しいことを考えるのが苦手なのだ。

「有体《ありてい》に申せば、お旗本様が御領地から借りている金銭について書かれた記録でございます」

「領主が領地から借金をするだと？　なんだそれは。解《げ》せぬ話だ」

「別におかしな話ではございませぬでしょう？　年貢が足りなければ来年分の年貢をお百姓衆から借りあげるのは当たり前のことですよ」

「金が足りないのなら、百姓から年貢を搾《しぼ》り取ればよかろう」

「そんなことをしたらお百姓衆が逃げ散りますよ。今の世の中、田畑《でんぱた》を捨てても、お江戸で働けば、どうにか生きて行けますからねぇ」

それどころか、年貢の取り立てをどれだけ緩《ゆる》くしても、百姓たちは勝手に田畑を離れて都市生活を指向する時代だ。領主たちの悩みは大きい。

「御賄仕法帳は借金の証文みたいな物です。それを持っていたお百姓が襲われた。柳井様の御領地では今、何が起こってるんでしょうねえ。ああ楽しみだ」

卯之吉は期待に胸を膨《ふく》らませている――みたいな顔をした。

「ただの野次馬《やじうま》根性で首を突っ込んでいるのではあるまいな」

水谷弥五郎は心配になってきた。

「いえいえ。銀八とおようさんが姿を消したことと、この一件には、何かのかかわりがあるんじゃないかと思っただけですよ」

卯之吉は気味の悪い薄笑いを浮かべながらそう言った。

駕籠は「エッホ、エッホ」と威勢よく走って、千住の南宿《みなみしゆく》に到着した。

駕籠や馬は、宿場ごとに乗り換えなければならない。そういう決め事になっている。ここから先は江戸の駕籠屋は営業できない。

卯之吉は駕籠から下りると、またしても駕籠かき二人が目を剝《む》くような酒手を弾んだ。

仰天《ぎょうてん》して礼も言えない駕籠かきを尻目《しりめ》に、宿場の通りを歩きだす。

「なにやら物々しいな」

水谷弥五郎は宿場の異変に気づいた。

「ヤクザ者の出入りがあったかのようだぞ」

宿場で働く者たちの顔つきが引き攣《つ》っている。

水谷弥五郎は北関東の街道筋で鳴らした浪人剣客だ。宿場に流れる空気には敏感である。

「八巻氏《うじ》はそこで待っておれ。わしが話を訊《き》いてくる」

水谷弥五郎はノシノシと進んでいくと、地回りのヤクザ者らしき若い者に声をかけ、話を聞き出して、戻ってきた。

「荒海一家が喧嘩《けんか》腰で通って行ったそうだ」

「おや、どちらへ向かったのでしょうね」

水谷弥五郎は苦々しげな顔をした。

「荒海一家は、お主《ぬし》の子分ではないか。なにゆえお主が知らぬのだ」

卯之吉は「ふふふ」と笑った。

「おかしなことを仰《おつしや》います。あんな恐ろしいお人たちがあたしの子分だなんて。水谷様はあたしをなんだと思ってるんです？」

水谷弥五郎はもう、卯之吉の妄言にはいちいち驚かない。美鈴に顔を向けた。

「荒海一家が何を企んでおるのか知れたものではないぞ。八巻氏の前ではおとなしくしておるが、あいつらは所詮《しょせん》は博徒だ。油断はできぬ」

美鈴も緊張した顔つきで頷いた。

「旦那様に一言の断りもなく江戸を離れた、ということは、喧嘩出入りの類《たぐい》でしようか」

「宿場の者の怯《おび》えぶりから察するに、よほどに殺気立っておったに違いあるまい」

卯之吉は問屋場《といやば》へと向かう。駕籠を手配してもらうには宿場問屋の手続きが必要だからだ。自分の足で歩こうという気持ちは最初から微塵《みじん》もないのである。

ところが、その問屋場も大騒動になっている。宿場役人たち（幕府から宿場の管理を委託された町人や大百姓）が、喚《わめ》き散らしながら駆け回っていた。

それでも卯之吉は我関せずで、

「駕籠を用意してもらいたいんですけどねぇ」

そう声を掛けた。

返事はない。皆、血相を変えて走り回っている。

「あのー、駕籠を一丁、お願いしますよ」

目の前を走り抜けようとした宿場役人の羽織の裾《すそ》をギュッと摑む。ようやく、宿場役人が卯之吉に気づいた。

「なんだね、あんたは」

卯之吉は先日、この宿場で大宴会を催したのだが、その時は〝南町の辣腕《らつわん》同心の八巻〟として乗り込んで来ていた。今は薄笑いを浮かべた粋人《すいじん》の若旦那だ。思い込みとは恐ろしいもので、同一人物だとは思われなかったらしい。

「駕籠を一丁、用意してほしいのですがね」

「それどころじゃないってことは見ればわかるだろう、大変なことになってるんだよ」

「何があったのですかね？」

「川向こうの北宿《きたしゅく》でね――」

千住宿は千住大橋を挟んで、北と南に宿場が広がっている。

「――荒海一家が、馬を奪って行きやがったんだよ！」

「へぇ。荒海一家が？　それで、まんまと馬を取られちゃったんですかね」

いくら凶暴な侠客《きょうかく》集団に脅された、といっても、そこまでの略奪を許すとは考えられない。

宿場役人は苦々しげに顰《しか》めた顔を、横に振った。

「南町の八巻様の御用だ――って言ってね。有無を言わせなかったんだよ」

「はぁ。八巻様の御用命でねぇ」

「南町の八巻様は隠密廻同心様だ。荒海一家が手先となって御用を務めていることは、宿場の者ならみんな知ってる。だからね、『八巻様の御用』を楯《たて》に取られちまうと、こっちはどうしようもないんだよ」

卯之吉はますます首を傾《かし》げている。

「八巻様にそんな御用があったのですかね。知らなかったですねぇ」

おいおい、と水谷弥五郎が呆れる。卯之吉の耳元で囁《ささや》いた。

「三右衛門め、お主の知らぬところでこのような悪事を働いておったのか」

「恐ろしい侠客ですねぇ。よりにもよって宿場の馬を奪うとは、お上のご面目《めんぼく》をないがしろにする所業ですよ。きっと極刑は免《まぬが》れますまいねぇ」

「お主の責めにもなるかも知れぬのだぞ」

荒海一家を手下としている卯之吉には監督責任がある。

しかし卯之吉はまったく深刻には考えていない様子であった。

「それで？　あたしの駕籠は……」

宿場役人になおも迫る。水谷弥五郎は「諦《あきら》めろ」と言って、卯之吉を問屋場から引っ張り出した。

元の街道上に戻る。

「なんということでしょう」

話を聞いていた美鈴も顔色を悪くさせている。

宿場の馬は道中奉行（四人いる勘定奉行のうちの一人が兼任する）が管理している。つまり将軍家の馬を盗んだのだ。

「本当に荒海一家がそんな暴挙に出たのでしょうか」

「信じがたい話だが、しかし宿場役人は信じ込んでおるようだな」

そこへ、

「おーい、待ってくれェ」

ようやく由利之丞が追いついてきた。

「仕方がないですねぇ。とりあえず徒歩で行きましょうか」

卯之吉が歩きだした。

一行は千住大橋を渡る。荒川を越えればそこはもう江戸ではない。

二

下総は水の国である。

かつてこの地の一帯は、香取《かとり》の海と呼ばれる内海であった。川によって運ばれてきた土砂や、浅間山《あさまやま》の噴火で発生した土石流が溜まって陸となり、さらには幕府の開拓事業によって埋め立てられて、次第に乾いた土地が広がった。

それでも至る所に沼や湿地が残されている。銀八は腰まで泥に浸かり、蓮根《れんこん》の葉の陰に身を隠していた。

辺り一面が蓮根の畑であった。蓮根は腰まで泥に浸かるような、深い湿地で育てられる。

北には筑波山《つくばさん》の巨大な山容が聳《そび》えている。筑波越えの風が吹き下りてくるたびに蓮根の葉が揺れて、大きな音を立てた。

必死で耳を澄ますが、浪人者の気配は伝わって来ない。それでも銀八は油断していなかった。

相手は武芸者だ。なんの物音も立てず、気息も乱さずに斬りつけてくる。身近で美鈴や水谷弥五郎の活躍を見ているだけに、よくわかる。

傍《かたわ》らに目を向けると、同じように腰まで泥に浸かったおようの姿があった。青い顔をして身を震わせている。

水が冷たいから震えているのではない。おようは怖くて震えている。あの浪人が執拗《しつよう》に二人を追い続けていたからだ。

「大《で》ぇ丈夫《じょうぶ》だぞ、おようちゃん」

銀八は小声でおようを勇気づけた。

「オイラに任せとけば何も心配いらねぇ。オイラは江戸一番の同心様の小者を務めあげてるんだ。悪党相手の立ち回りなんざ、日常茶飯事だぜ」

本当の卯之吉は帯も自分で結べない放蕩《ほうとう》息子だし、自分は売れない幇間《ほうかん》だ。喋っていて虚《むな》しくなってきたけれども、この場はおようを元気づけるために必死であった。

「だけど、今は頼りの旦那がいねぇ。だから悪党を出し抜いて逃げるしかねぇんだ」

銀八は命懸けで思案している。

「あとちょっとで村に戻れる。お代官様のお役所には捕り方がいる」

人斬り浪人も代官所までは乗り込んで来ないだろう。

「うん。頑張る」

およう は健気《けなげ》に頷いた。

昨夜、およう が助けを求めて走って来た時には、呑気者《のんきもの》の銀八も仰天した。柳井屋敷での事情などは知る由《よし》もない。辻斬りに襲われているのだと考えた。銀八の手に負える相手ではない。

「逃げろッ」

ともかくおようの手を取り、二人で走って逃げたのだが、番町は武家屋敷ばかりで、自身番の小屋もなければ木戸もない。武家屋敷は夜には門扉《もんぴ》を閉ざしてしまう。隠れる場所も、逃げる場所も、どこにもなかった。

おまけに銀八は足が遅い。おようのほうが、まだしも速かったほどだ。このままではすぐに追いつかれてしまう。

少しでも走りやすい方角へと無意識に駆けたところ、坂道を下った先に神田川があった。河岸には小舟が繋《つな》がれていた。

銀八は舟におようを乗せると舫綱《もやいづな》を解いて舟を出した。間一髪《かんいっぱつ》、間に合って河岸を離れた。浪人者が河岸の石垣の上で憤然としているのを尻目に、下流へと舟を流した。

およう も一安心したのであろう。銀八にヒシッとしがみついてきた。

「銀八さん、やっぱり助けに来てくれた！」

銀八は鼓動を高鳴らせた。

いつもの銀八なら場違いな洒落《しゃれ》を飛ばして雰囲気を台無しにしてしまうのだが、さすがにこの時ばかりは銀八でも、幇間ではなく一人の男として振る舞った。

「オイラがおようちゃんを見捨てるはずがねぇだろう……」

およう の両腕に手を添えながら（こんな時、色男ならどんな言葉を並べるんでげすかね）などと考えた。

銀八の良く知っている〝色男〟といえば由利之丞だが、由利之丞の台詞《せりふ》回しは銀八の目で見ても臭い。気障《きざ》すぎて笑ってしまうほどだ。

（ここで笑いを取っても仕方がねえでげす）

笑いを取ろうとしても取れないダメ幇間なのだけれども、そう考えた。

「銀八さん、あたし、村に帰りたい……！　お江戸は怖くて嫌！」

およう が涙ながらに訴えてきた。

神田川の流れに乗って大川へ向かう。およようは柳井屋敷で見聞きし、経験した恐怖を語った。

「なるほど、そいつぁ妙だぜェ」

銀八は結局、由利之丞の芝居を真似して、気障な仕種《しぐさ》で考え込んだ。

「お屋敷にゃあ戻らねぇほうがいいだろうなァ。剣呑《けんのん》だぜェ。そもそも暇《ひま》を出された身じゃあ、戻ることもままならねぇだろうけどな……」

「銀八さん、あたしを村に連れて帰って」

抱きつかれたら、否とは言えない。

「よぅし任せとけ。このオイラが村まで無事に送り届けてやる。南町の八巻様の手下の名に賭《か》けて、およようちゃんを守り通してみせるぜェ」

銀八は大川の適当な河岸に舟をつけた。およようの手を引いて、下総国を目指した。

銀八はこれでも南町奉行所の同心、八巻卯之吉の小者である。手札を見せながら、

「旦那の御用で公領に下るところなんで」

と言えば、橋番の親仁《おやじ》も、松戸の渡し舟の船頭も、怪しむことなく二人を通し

てくれたし、川を渡してくれた。

二人は稲敷郡の石川村へと急いだ。ところがである。

二人は、街道の遥か後ろに、真っ黒な浪人の巨体を見つけたのだ。

「追《っ》けて来やがった……！」

浪人者が二人を追ってきたのである。口封じに殺すために違いない。おようが「ヒイッ」と喉を鳴らして怯えた。

走って逃げようにも——銀八の足は絶望的に遅い。二人の周囲に広がっているのは一面の広大な蓮根畑だ。

二人は蓮根畑の中に分け入って、身を隠すことにした。

銀八は耳を澄ませた。

（浪人の気配はしないでげす）

だが追跡を諦めたとは思えなかった。ここまで追ってきて、見逃してくれるはずがない。

（どこかに身を潜めているはずでげす……）

ともあれ、できるだけ引き離しておきたい。銀八はおようの手を握ると、音を立てないように注意しながら進み始めた。

その時であった。蓮根の葉がザワザワと揺れた。銀八とおようはギョッとなった。

泥水をかき分ける荒々しい足音が聞こえる。

（来たでげす……！）

銀八はおようの背中を蓮根畑の奥のほうへ押しやった。

「浪人者はオイラが引き受けるでげす……いや怖い！　でも引き受けるッ。おようちゃんはそっちに逃げろ！」

銀八は故意に大きな音を立てながら走りだした。

「畜生《ちくしよう》め、この浪人！　こっちへ来いッ。南町の八巻様の手下の、銀八親分が相手になってやるでげ――相手になってやるぜッ！」

威勢よく啖呵《たんか》を切った後、銀八は悲鳴をこらえて走った。

背後から足音が近づいてくる。とんでもなく足が速い。すぐにも追いつかれてしまいそうだ。

（ひえええッ！　お、お助けぇぇえええッ！）

足がもつれて無様《ぶざま》に転んだ。顔面から泥に突っ込んで、そのまま二間（約三・

六メートル）ばかり泥の上を滑った。

「おいッ、銀八！」

追ってきた男が小声で声を掛けてきた。

その声には聞き覚えがあった。銀八は「あっ」と叫んだ。

「寅三さんッ？」

荒海一家の寅三の痩せた長身がそこにあった。腰には長脇差《ながどす》を帯刀している。

「そうだ。俺だ。しっかりしろ」

「どうして寅三さんが、こんな所に顔をお出しなさるんでげすか」

あまりにも意外な登場に銀八も驚きを隠せない。ひょっとこみたいに唇を尖《とが》らせた。

「手前ェたちを追って来たんだ。どうやらお前《め》ェは仁科に命を狙われている様子だな」

「あの浪人様は、仁科様ってぇお名前でげすか」

「ウチの一家ともちっとはかかわりのある浪人だ。野郎は本気でお前ェを斬るつもりらしいな。三番町では辻番の侍《さむれ》ぇを二人も斬りやがった。話のつく相手じゃねぇぞ」

「見ていなすったんでげすか」

「お前ェを見張っていたからな。今、大声を出したのはまずかった。仁科がこっちに気づいたぞ」

「あっしは寅三さんの足音を、あの浪人様のものだと心得違いしたもんで」

「いつものドジだが今度ばかりは命取りだ。仕方がねぇ。このまま走って逃げろ」

「どうなさるんで」

「俺がヤツの後ろから忍び寄って——」

腰の長脇差の柄《つか》を握る。

「——斬りつけてやるぜ」

「へいっ、お、お頼み申しますでげす……！」

銀八は何度も頷いた。

「行けッ、それから喚《わめ》けッ」

「へいっ！　お、お助けえええッ！　こっちには来ないでええ！」

「こんな時でもわざとらしい物言いしかできねぇのか」

銀八は必死である。盆踊りでも踊るような姿で両手を突き上げ、振り回しながら走って逃げた。

浪人、仁科の気配が、蓮根の葉を揺らしながら迫ってきた。おぞましい殺気に鳥肌が立った。

銀八は、蓮根畑の間を延びる畦道《あぜみち》に這《は》い上がった。チラリと後ろを振り返ると、幽鬼のような形相をした仁科の姿が見えた。蓮根の葉をかき分けながら姿を現わす。

「ひえええっ！」

銀八は前につんのめった。気ばかり焦って足がついてこない。そのまま前にゴロリと転がった。

（寅三さんッ、おた、お助けッ）

銀八は四《よ》つん這《ば》いで逃げる。殺気はズンズンと迫ってきた。

「八巻の手先め、死ね！」

（死にたくねぇでげすッ）

頭を抱えてうずくまった、その時、

「なにやつッ」

仁科が身を翻《ひるがえ》した気配と、ギンッと鋭い金属音を同時に感じた。

銀八は目を開けた。仁科と寅三がガッチリと刃《やいば》を合わせている。鍔迫《つばぜ》り合《あ》いだ。

「貴様はッ、荒海一家の寅三ッ!」

「手前ェ、ウチの一家が八巻様の手下を務めてると知りながら、なんてぇ真似をしていやがる!」

二人は歯を食いしばって押し合う。寅三のほうが押されているように銀八の目には見えた。

寅三は背後から奇襲をかけたのに、その凶刃を受け止められてしまった。こうなれば仁科のほうが優勢だ。寅三の喧嘩殺法では、仁科の正統剣術に対抗するのは難しい。

銀八は足元の泥を掴んだ。仁科を目掛けて、滅多《めった》やたらに投げつけた。

「このッ、このッ!」

泥の礫《つぶて》が仁科にとっては目潰しとなる。寅三は好機と見て取って刃をギリギリと押しつけた。

「ぬうっ!」

仁科が後ろに跳んで間合いをとった。銀八は泥礫を投げ続ける。仁科は煩《わずら》わしそうに袖で顔を庇《かば》った。

寅三が長脇差の切《き》っ先《さき》を突き出す。刃が仁科の腕をかすった。

「お、おのれッ」

仁科はますます後退《あとじさ》った。

「憶《おぼ》えておれよッ」

捨て台詞を残すと泥を蹴立《けた》てて逃げて行く。

「待ちやがれッ」

寅三が抜き身の長脇差を振り回しながら後を追った。

(た、助かった……)

銀八はその場に大の字に伸びてしまった。しかしすぐに、

(そうだ。おようちゃんが！)

立ち上がると蓮根畑の中に踏み込んだ。泥をかき分けながら進んでいく。

「おようちゃん！　オイラだ！　どこにいるんだ」

「銀八さん！」

おようが泥だらけの恰好《かっこう》で這い出してきた。

「よかった、無事だったかい。もう心配いらねぇ。悪い奴は——」

寅三さんが追っ払ってくれた、と言いかけて、言いなおす。

「オイラが追い払ってやったぜ」

「ありがとう、銀八さん！」

おようが銀八の首に抱きついてくる。

「おう。もう大ぇ丈夫だからな。よしよし」

銀八はおようの髪を撫《な》でてやりながら、

（由利之丞のことを『調子がいい』などとは言えなくなったでげす）

そう思った。

とにかく泥の中から這い出した。代官所など、役人がいる所へ急がなければならない。

三

「おいおい。道草を食っておる場合か」

水谷弥五郎が呆れ顔をしている。

卯之吉は茶店の腰掛けに陣取って団子を口に運んでいる。

卯之吉の旅は実にのんびりだ。茶店を見かけるたびに休んでいるといってもよい。

「松戸の宿場を出たばかりだというのに。これでは小金宿《こがねしゅく》で日が暮れるぞ。この調子では稲敷郡に辿《たど》り着くのは年の暮れだ」

卯之吉は「ハハハ」と笑った。

「水谷様もご冗談がお上手ですねぇ」

冗談ではない！　と言い返したい。

三国屋の手代の喜七も、いささかの呆れ顔だ。

「若旦那様を先に進ませようと思うのでしたら、駕籠を見つけるより他にございませぬ」

「だが、どこの宿場も大騒動だぞ。駕籠かきたちは逃げ散っている」

荒海一家の通過が人々を怯えさせたのだ。

そこへ土煙を上げながら、捕り方の一団がやってきた。

先頭を行く馬には陣笠をつけた武士が跨《また》がっていた。

鉢巻きをして六尺棒を抱えた男たちを二十人ばかり従えている。

遠望した喜七が「おや」と声を漏らした。

「御勘定奉行所の、支配勘定役の三田島《みたじま》様だ」

勘定奉行所は公領（徳川家直轄領）の年貢を扱う役所である。札差の手代の喜七は、役人たちの全ての顔と名を知っている。

「三田島様は、捕物出役《しゅつやく》で繰り出してこられたのですなぁ」

「つまりは荒海一家を捕縛するために来た、ということか」

勘定奉行所の役人たちは幕府の歳入と歳出を管理していて、算盤侍《そろばんざむらい》などと揶揄《やゆ》されることもあるのだが、公領で犯罪が起こった際には治安維持のために出動する。なかなかに大変な役目なのである。

「困りましたよ、これは」

喜七は、笑顔で思案投首《しあんなげくび》している。水谷も不思議そうな顔をする。

「困っておるようには見えぬ顔つきだが」

「これは地顔でございますよ。接客にはよろしいですが、通夜に出向いたりすると殴られます」

喜七は笑顔で思い悩んでいる。

「御勘定奉行所が荒海一家を捕縛なさいますと、南町の八巻様――つまりは手前どもの若旦那様にもご詮議《せんぎ》が及びましょう。さすれば南町の八巻様のご正体が露顕《ろけん》してしまいますよ」

「なるほど困ったことだな」

水谷弥五郎は、横目を由利之丞に向けた。

「いざとなれば、お前が代わりに詮議を受けるか？　同心芝居は得意であろう」

「冗談じゃないよ。切腹を仰《おお》せつけられたらどうするのさ」

勘定奉行所の三田島一行が茶店の前を通りすぎて行く。物々しい形相だ。荒海一家の暴挙は許しておけぬ、必ずや捕縛する。手に余れば斬って捨てよう——という意気込みが感じられた。

卯之吉は片手を顔の前で振って、土煙を払った。

「大変な騒ぎになっていますねぇ」

水谷弥五郎は眉根を寄せて卯之吉に迫った。

「勘定奉行所よりも先に、荒海一家の騒ぎを鎮《しず》めねばならぬぞ。良き腹案はあるのか。と言うよりも、鎮めることができるのか、この騒動」

「さぁて。どうなんでしょうねぇ」

まったくの他人事《ひとごと》、という口調だ。

その頃、銀八の伯父《おじ》の金五郎は、人目を忍びながら脇街道を歩いていた。

地元の者しか通らないような細道である。俗に言う〝裏街道〟だ。

表街道たる水戸街道は、用心をして避けている。柳井家の息のかかった者たちがどこで見張っているか知れたものではないからだ。

裏街道は湿地の中を延びていた。ちょっと大雨が降ったぐらいで大水（洪水）が起こる地形だ。路面は川砂をかぶっていて歩きにくかった。

根太の半分腐った木橋を渡る。その先に貧しい宿《しゅく》が見えた。軒《のき》の傾いた粗末な家屋が五軒ばかり建っていた。

宿とは農村部にある商店街のようなものだ。幕府が制定した五街道の宿場とは目的も規模も異なる。

それでも一膳飯屋を兼ねた旅籠《はたご》ぐらいはあった。金五郎は旅籠の障子戸《しょうじど》をホトホトと叩いた。黄ばんだ油紙がいかにも貧乏臭い安宿であった。出てきた親仁《おやじ》も愛想が悪かった。

不気味に軋《きし》んで今にも壊れそうな階段を踏んで二階座敷へと向かう。座敷の真ん中に、村の乙名《おとな》の吉左衛門が難しい顔で座っていた。

昼食の膳が出されていたが、まったく手がつけられていないようだ。

「吉左衛門さん」

金五郎は挨拶《あいさつ》も省略して吉左衛門の前に膝行《しっこう》し、両膝を揃えて差し向かいに座った。

「無事に江戸を抜け出せたのは、オイラたち二人だけだったか」

吉左衛門は陰鬱《いんうつ》な顔で頷いた。金五郎は身を乗り出した。

「喜助《きすけ》たちが襲われたってぇ話は、本当だべか」

吉左衛門は頷いた。

「本当だべ。襲ったのは荒海一家だ」

「荒海一家……」

「八巻様の手下だべよ」

「八巻様が喜助らを捕まえたってのか！」

「お前《め》ェさんの策で柳井様のお屋敷に忍び込ませたおようも、いなくなった。銀八が連れ出したってことじゃねぇのか」

吉左衛門は鋭い目を金五郎に据えた。

「裏で糸を引いとるのは八巻様に違《ちげ》ぇねぇぞ。オイラたちは八巻様に目ぇをつけられちまったんだ」

金五郎は冷や汗を流した。

「八巻様に、オイラたちのやっていることが見透かされちまったとしてもだ、八巻様は下々《しもじも》にお優しい御方だってぇ評判だべ。ご無体《むたい》にもオイラたち百姓を苛《いじ》めるような真似《まね》はなさるめぇ」

「そこがお前ェの甘いところだべ。八巻様は荒海一家に喜助たちを襲わせて、御賄仕法帳を取り返したんだぞ。柳井様に頼まれてやったことに違《ちげ》ぇねぇべ」

金五郎は唇を噛んでいる。反論しないのは吉左衛門の説に納得したからだ。

吉左衛門は続ける。

「およろだって、銀八に御縄《おなわ》を掛けられたのかもわからねぇ。今頃は牢屋敷で厳しい吟味を受けているのじゃねぇのかよ」

「それじゃあ、これからどうするだ」

「こうなったら洗いざらい、お上に打ち明けるしかねぇ。お上に正邪を見極めてもらうしかねぇだ」

「お上に公事《くじ》を願い出るのか。もういっぺん、柳井様に嘆願してみたらどうだべな?」

「柳井様は長兵衛さんを殺したんだぞ。さらには八巻様に命じてオイラたちを捕まえにかかっとる。柳井様との話はつくもんじゃねぇ！　御評定所に裁いてもらうしかねぇ」

評定所は老中が主催する幕府の最高議会である。

「だども、柳井様が借金まみれになったのは、京都でのお役儀に銭がかかったからだべよ。柳井様の御用の銭を領民の百姓が負担するのは当たり前だ——と言われたなら、返す言葉もねぇべ」

吉左衛門と金五郎は無言で見つめ合った。


南町奉行所の同心詰所に村田銕三郎が入ってきた。

「荒川に上がった仏の身許《みもと》が割れたぜ」

同心の尾上伸平《おがみしんぺい》に声を掛ける。

「馬喰町《ばくろちょう》の御用屋敷貸付役所《ごようやしきかしつけやくしょ》から照会があったんだ」

「また、妙なところから身許が割れたものですね」

「まったくだぜ」

馬喰町御用屋敷貸付役所とは、幕府が運営している金融機関である。旗本や御家人のみに金を貸し出す。幕府より役儀を命じられたにもかかわらず、金銭の遣《や》り繰《く》りがつかないが故に公務が果たせぬ武士たちへの救済機関であった。

「仏の名は長兵衛。下総の百姓だが、たいそうな分限者《ぶげんしゃ》で、旗本相手の金主《きんしゅ》をしていたらしい」

「つまりは金貸しですか」

「そういうことだな。ところがこの借金は一筋縄《ひとすじなわ》じゃいかねぇ」

「どうしたのです」

「借りた金を受け取るのは旗本だけどな。返すのは百姓だぜ。つまり、柳井の領地であがる年貢は、担保として長兵衛に押さえられていたってことだ」

「なんだか面倒な話になりそうですねぇ」

「面倒な話の真っ最中に、長兵衛が殺されたってわけよ」

尾上はますます面倒臭そうな顔をした。

「旗本がかかわっているとなると、町奉行所の手には負えませんよ」

町奉行所の役人が詮議できるのは町人だけだ。

「だからって、江戸で起こった殺しをおざなりにできるかッ」

急に村田が激昂《げっこう》し始めた。無闇矢鱈《むやみやたら》に正義感の強い男なのである。

「今、内与力《うちよりき》の沢田《さわだ》様が御目付《おめつけ》役所と談判している。いずれ御目付様が動き出す。俺たちは証拠固めだ！　長兵衛の身の回りを洗い上げろ！」

「はいっ」

尾上は飛び上がって詰所《つめしょ》から走り出た。

旅籠の外から剣呑な気配が伝わってきた。

「なんだべ……？」

金五郎と吉左衛門は腰を上げて障子窓に寄った。障子紙の破れた穴から外の様子を窺う。

馬が走ってきた。馬上には、むさ苦しい身形《みなり》の中年男の姿があった。粗末な小袖を尻《しり》ッ端折《ぱしょ》りにしていた。

男は旅籠の前を走り抜けながら鋭い眼光を向けてきた。目が合った――と金五郎は思った。

男は宿場の先で馬首《ばしゅ》を返すと、元来た道を走り去って行った。

「なんだべぇな、今のは」

吉左衛門は首を傾げている。

「お侍の身形にゃあ、見えなかったべよ」

馬に乗ることが許される身分は限られている。

金五郎は嫌な予感を覚えた。

「吉左衛門さん、逃げるべぇ。今の男はオイラたちを探しに来たように思えるだ」

吉左衛門は（まさか）という顔をした。だが、笑い飛ばすことはせず、手荷物を纏《まと》め始めた。

「確かに、喜助のこともあるだで、油断はできねぇな」

「吉左衛門さん、急いで」

二人は階段を降りると旅籠を出た。主人の親仁が、

「こんな刻限に出立《しゅったつ》するたぁどういうことだべ。もう日が暮れるだぞ。泊まっていったがいいべ」

無愛想ながらに案じてくれたが、振り切って表道に出た。

筑波颪《おろし》の風が吹いた。同時になにやら総毛《そうけ》立《だ》つような悪寒《おかん》が走った。

「吉左衛門さん、あれを見やれ！」

金五郎は道の彼方《かなた》を指差した。

博徒の集団が三十人ばかり、笠を傾けて突き進んでくる。皆、旅塵《りょじん》に塗《まみ》れた恰好で、総身《そうみ》に殺意を立ちのぼらせていた。

「荒海一家だ！」

吉左衛門が泡を食って走り出す。金五郎もつんのめるようにして逃げた。

四

日が暮れると辺り一面が暗闇となった。

我孫子宿《あびこしゅく》は水戸街道の四番目の宿場である（起点である千住宿も入れれば五番目）。本陣の前には明々《あかあか》と大提灯が掲げられ、篝火《かがりび》も通りに面して並べられていた。

本陣《ほんじん》を宿場役人たちがひっきりなしに出入りしている。参勤交代の大名が宿泊する格式の旅籠を本陣と呼ぶ。

宿場全体が緊張感で包まれている。荒海一家が街道を押し通って行ったことと、その取り締まりのために役人が出役してきたことが重なっている。

荒海一家は武闘派で知られた博徒たちである。おとなしく御縄にかかるとも思えない。下手《へた》をすると街道中に血の雨が降る。

宿場の者たちは皆、恐怖に身を震わせている。

明るい宿場から一歩、木戸の外へ踏み出せば、そこには闇が広がっていた。下総を延びる水戸街道には、常夜灯などという気の利いたものは置かれていない。無数の蛍《ほたる》が尻を明滅《めいめつ》させながら飛び交うばかりだ。

そんな夜道の中を、提灯の明かりが近づいてきた。

「エッホ、エッホ」

駕籠かきの掛け声が聞こえる。

駕籠の前では、提灯を持った美鈴が駆けていた。

ようやく一丁の駕籠を見つけたのだ。「騒動が起こっている場所には近づきたくない」と言い張る駕籠かき二人を大金の酒手で説き伏せて、ここまで担いできてもらったのである。

「御勘定奉行所の捕り方に追いついたようです」

美鈴は駕籠の中の卯之吉に向かって声を掛けた。

卯之吉は駕籠からちょっと顔を出して宿場の様子を窺《うかが》った。

「なるほど。御勘定奉行所の三田島様は、ここにお泊まりになるようですね」

「そのようです」

「それじゃあ、次の取手宿《とりでしゅく》まで走ってください」

美鈴は首を傾げた。卯之吉にしては、やる気を出している。これには違和感しか感じられない。

卯之吉は駕籠の中で欠伸をした。

「大勢の捕り方たちと一緒の宿場では、宴《うたげ》を張ることもできませんからねぇ」

「ああ、そういうことですか……」

この緊急時でも、夜の宴会だけは欠かさぬつもりでいるらしい。

ところが、卯之吉を乗せた駕籠は三田島の手下たちによって止められてしまった。

「胡乱《うろん》な奴！　この夜中にどこへ行く！」

町人髷《まげ》の中年男が慣れぬ武家言葉で誰何《すいか》しながら、房《ふさ》のついていない十手を突きつけてきた。

勘定奉行所の手先となって働く者は〝道案内〟と呼ばれている。江戸市中の岡っ引きと同じで、裏社会に詳しい博徒などが務める。

「駕籠から下りろ！　つべこべ抜かすとこの十手で、逆《さか》ねじをくらわすぞ！」

緊急事態が勃発《ぼっぱつ》中なので殺気だっている。卯之吉の襟を摑んで引きずり下ろしかねない勢いだ。

水谷弥五郎が割って入った。道案内を無言で睨《にら》み下ろした。

「な、なんでぇ手前ェは！　やいっ、みんな、曲者だぞ！　集まれッ」

道案内は捕り方を呼んだ。捕り方たちが六尺棒や刺股《さすまた》などを手にして、本陣から飛びだしてきた。

「皆様、気の短い方ばっかりでございますねぇ」

卯之吉がヘラヘラと薄笑いを浮かべながら駕籠から下りた。

「手向かいなど、いたすものではございませぬよ」

「なんなんでェ、手前ェは！　場違いにもほどがある面《つら》つきだぜ！」

「いやあ、生まれた時からこの顔なので、その場その場に合わせて取り替えることはできかねますけれどねぇ」

捕り方たちが手にした提灯が、不気味なほどに落ち着きはらった笑顔を照らし上げる。その余裕（なのか、なんなのか）を目にして、捕り方たちは首を傾げたり、互いに顔を見合わせたりした。

本陣から物々しい恰好の武士が出てきた。野袴にぶっ裂《さ》き羽織だ。捕り方の采《さい》配《はい》を振る三田島であった。

「何事だ！」

小走りに駆け寄ってくる。

卯之吉はヘラヘラしながら低頭した。

「これはこれは三田島様。ご機嫌麗《うるわ》しく、なによりのことと存じます」

「お前は、三国屋の放蕩息子ではないか」

三田島は卯之吉の顔を見知っていた。三国屋は江戸一番の札差で、勘定奉行所との関わりが深いので当然である。

「へぇっ、あなた様が、み、三国屋さんの……！」

道案内と捕り方たちがサーッと後退した。三国屋の名を知らぬ者は公領には一人もいない。

「こいつぁ、とんだしくじりだ！」

ボソボソと小声で後悔する道案内を無視して、三田島が前に踏み出してきた。

「夜分にこんな所で何をしておるのか」

「はぁ。三田島様こそ、お役目とはいえ、下総国までご出役、公領の安寧《あんねい》のためのお働き、貴《たつと》いお話にございますねぇ。これ、喜七や」

卯之吉は喜七を呼んで、金子《きんす》の入った巾着《きんちゃく》袋《ぶくろ》を差し出させた。

「どうぞ、お役目にお使いくださいませ」

包み金の二十五両を三田島の袂《たもと》に、無造作に放り込んだ。

小判の重みで三田島の袖がグウンッと下がる。

「ムッ……？　さ、左様《さよう》か。三国屋の志《こころざし》、ありがたく使わせてもらうぞ。ウオッホン！」

三田島はわざとらしく咳払《せきばら》いをした。

「わしの出役と知って、わざわざ合力金《ごうりききん》を届けに来てくれたのであったか。うむ、さぞかし疲れたことであろう。まずは本陣に上がって、ゆっくり休んでゆくがよいぞ」

手を取って自ら案内する勢いで、卯之吉を本陣へと引きずり込んだ。

勘定奉行所の役人にとって、札差の大店《おおだな》と親しくすることは、出世の糸口なのである。

「あのお役人、まるで留女《とめおんな》だよ」

由利之丞が呆れている。

留女とは、旅籠に雇われている力持ちの女人《にょにん》たちのことで、街道を行く旅人にしがみついては、自分が勤める旅籠に引き込んでしまう。玄人《くろうと》ならではの技で腕の関節など決めてくるので、振りほどくことは難しかったといわれる。

由利之丞と水谷弥五郎、美鈴と喜七も本陣に入った。風変わりな一行で、捕り方たちがうさん臭そうな目を向けてくる。

三国屋の手代と用心棒だと名乗って取り繕《つくろ》った。


「それ〜っ、歌え〜、踊れ〜」

卯之吉が本陣の広間で舞い踊っている。

近在の宿場から、ようやく集めた芸妓《げいぎ》が二人と、由利之丞との三人で、下手《へた》くそな三味線を弾いているだけだが、そんなことはこの際どうでもいいらしい。謡《うた》い踊ることができれば満足なのだ。

三田島と捕り方たちが手を叩いて囃《はや》している。それなりに賑々《にぎにぎ》しい宴になってきた。

一曲終わって卯之吉が「クネッ」と見得《みえ》を切った。「やんややんや」の拍手喝《かっ》采《さい》が湧き起こった。

由利之丞は呆れ顔である。

「街道を歩いていた時には、あんなに草臥《くたび》れた様子だったのに……。まったく若旦那ときたら、宴会となると疲れ知らずなんだから」

「ガッハハ！　見事であったぞ三国屋！　さぁ盃を取れ！」

三田島の顔はすでに真っ赤だ。上機嫌に酔いしれている。

「ようし、次はオイラの番だな。玄人《くろうと》の踊りを見せてやるぞ」

由利之丞が勇躍《ゆうやく》、前に出た。

「おっ、次はお前か。よし、励め！」

三田島は扇《おうぎ》で煽《あお》って囃した。

下手な三味線に合わせて、由利之丞が下手な踊りを始める。それでも三田島と捕り方たちは両手を頭上で叩いて大喜びした。

喜七が困った笑顔を浮かべている。

「由利之丞の踊りなんか、江戸者は洟《はな》も引っ掛けないでしょうけどねぇ。田舎では喜ばれるのですかねぇ」

下総の村々から集められた捕り方たちの目には、たいそう結構な演芸に見えているらしい。

水谷弥五郎も苦々しげである。

「三田島という男、役儀の最中であろうに、八巻氏の誘いに乗っての宴会とは、いただけぬな」

「三田島様は支配勘定様。こう言ってはなんでございますが、俸禄《ほうろく》百石の下役人様でございますからねぇ」

武士が武士らしく、威厳を感じさせる生活をしようと思えば、三百石の俸禄が必要だ。

「それが公領に出役なされば、御本陣に泊まって御大将を気取ることができるわけでございますから。おはしゃぎになる気持ちもわかりますけれどもねぇ」

「我々がこうしておる間にも荒海一家が暴れておるかも知れぬのだぞ」

「そうは言われましても、若旦那様はあのご性分でございますから」

宴はいよいよたけなわだ。

「ようし、わしも一差《ひとさ》し舞おうぞ！」

などと言い出して三田島まで腰を上げた。

その時であった。廊下を走って道案内がやってきた。

「申しあげまする！」

廊下に両膝を揃える。

「荒海一家は石川村を見下ろす丘の上に陣取りましたべぇ！　今にも村を焼き討ちにしそうな気勢をあげておりまするだ！」

武家言葉と下総訛《なま》りの混ざった口調で言上《ごんじょう》した。

「ぬうっ」

三田島はドッカと座り直した。

「おのれッ、不遜《ふそん》なる者どもめが、公領を騒がしおって、許してはおけぬぞッ」

卯之吉は「ふむふむ」と、微笑《ほほえ》みながら聞いている。

「まったく、とんでもないお人たちがいたものですねぇ」

三田島は怒りを隠しもせずに道案内を睨みつけた。

「わしが直々《じきじき》に詮議をしてくれる。荒海一家に、この宿場へ参るように命じよ」

道案内は困った顔をした。

「言われるまでもねぇこってす。あっしは荒海一家の許《もと》に足を運びやして『三田島様に対し奉り、申し開きするように』と言い聞かせやしたんですが、取り合おうともしねぇんでございまさぁ。『南町奉行所の隠密廻同心、八巻様の御下命《ごかめい》である』と言い立てやがって、立ち退《の》こうともいたしやせんのです」

「おのれッ、南町の八巻の差し金かッ。なんの故《ゆえ》あっての暴挙か！」

卯之吉は微笑みながら首を傾げている。

「まったくご迷惑な同心様がいらしたものでございますねぇ」

それからチラリと三田島に目を向ける。

「どうなさるのです。捕り方を率《ひき》いて乗り込んで、やっつけちゃいますか？」

「そうできれば話は簡単だが、今以上に騒動を大きくするのもよろしくない」

本心は、荒海一家を討滅《とうめつ》する自信がないのかも知れない。

三田島は思案してから卯之吉に顔を向けた。

「三国屋は南町の八巻とは懇意であろう。お前の口から八巻を説得できぬか」

「はぁ。あたしが八巻様を口説くのですかえ」

「八巻が手を引けば、荒海一家もこの地より退《しりぞ》くであろうぞ。うむ、我ながら名案！　それが一番じゃ」

「なるほど、なるほど」

卯之吉はそう言ってから、

「だけれども、肝心の八巻様は、どこにいらっしゃるのでしょうかねぇ？」

などと惚《とぼ》けたことを言った。

第六章　乱闘水戸《みと》街道

一

翌日、三田島たち捕り方は、勇躍《ゆうやく》、本陣を出立《しゅったつ》した。

「若旦那、さっさと起きておくれよ」

三田島たちが去り、静まり返った本陣。その一座敷で由利之丞が卯之吉の夜具を揺さぶっている。

「置いてゆかれちまったよ」

卯之吉は「うあ」と寝ぼけた声をあげた。

「まだ朝も早いよ。寝かせておいておくれな」

「騒動を鎮《しず》めるって宣言して、下総に乗り込んできたんじゃなかったのかい。このままじゃあ荒海一家が三田島様にとっ捕まって、そろって獄門台送りにされちまうよ」

「大げさですねえ。ああ眠い眠い」

水谷弥五郎も入ってきた。

「どうだ。八巻氏《うじ》は起きたか」

「ぜんぜん駄目《だめ》だよ。まるで雨の日の猫だ」

「うむ。雨の日だから眠いか。たしかに外の雲行きが良くないぞ。今日は大雨になりそうだ」

「そりゃあ良かった」

雨になると知って、由利之丞は心底から嬉しそうな顔をした。夏場の旅は雨天のほうが楽だからである。

「夏の陽差しに炙《あぶ》られながら旅することほど辛い話はないからね」

「喜んでばかりはいられぬぞ。ここが下総だということを忘れるな。小雨が降っただけでも、たちまち出水《でみず》が起こる土地柄だ」

「また出水かい。うんざりだな」

ここのところ、洪水に悩まされてばかりいる。

江戸時代は気候の寒冷化で雨が多く、日本中で毎年のように洪水が発生していたのだ。

「出水で道が塞《ふさ》がってしまったら、先に進むも、後に戻るも、できなくなるぞ」

「だけどさ、若旦那は起き出しそうにないよ」

「寝ていても構わんから着替えをさせろ。駕籠《かご》に押し込んで運べばよい」

「まったく、世話が焼けるなぁ」

「お着替えをお持ちしました」

喜七が着替えを掲げつつ入ってきた。由利之丞と水谷は、眠ったままの卯之吉を、右に左にと転がしながら着替えをさせて、帯を締めた。

「さぁ行くぞ」

水谷が卯之吉を背負って本陣を出た。


真っ暗な雨雲が空の一面を覆っている。遠くからは雷鳴まで轟《とどろ》いてきた。

「エッホ、エッホ」と駕籠が進む。下総は一面が低地でできている国で、早くもジクジクと水がいたる所から染み出している。北の方角には筑波山の山容が濃い雨雲の中で見え隠れしていた。

美鈴が駆け戻ってきた。警戒のために一行よりも先に進んでいたのだ。

「荒海一家は、この先の丘の上に陣取っています。三田島殿が率《ひき》いる捕り方は、遠巻きにして様子を窺《うかが》っております」

卯之吉はようやく目を覚ました――という顔つきだ。駕籠の中で大欠伸《おおあくび》をした。

「どうして攻めかからないんでしょうかねぇ？」

話は聞こえていたらしい。

由利之丞は眉《まゆ》を寄せた。

「なに言ってるんだい。若旦那が説得しに行く――って段取りになってるんじゃないか」

「おや。いつの間に、そんな話に」

「昨夜のことすら憶《おぼ》えていないのかい。困った酔っぱらいだよ」

水谷弥五郎は難しい顔で思案している。

「荒海一家を説得できるのは八巻氏しかおるまい。お主《ぬし》が行かねば、収まるまいぞ」

「そうですかねぇ？　それじゃあ、やっておくんなさい」

卯之吉は駕籠かきに頼んだ。

駕籠かきたちは顔色を一変させている。

「旦那方、ここいらまでで勘弁しておくんなせぇ。ヤクザと捕り方の喧嘩《けんか》に巻き込まれるなんてこたぁ、どれだけ酒手《さかて》を弾まれたって御免ですぜ」

卯之吉たちがどこへ向かっているのかを悟った駕籠かきたちは、顔面を蒼白にして震え始めた。宥《なだ》めたりすかしたり小判をチラつかせたりしたが聞き入れない。ついには商売道具の駕籠を置き捨てて、走り去ってしまった。

「仕方ないですねぇ。ここからは歩きますかね」

卯之吉は駕籠から出ると、「ふわあ〜っ」と大欠伸しながら背伸びをした。

「ああ、いい雨の日になりそうですねぇ」

「本当に呑気《のんき》な人だなぁ」

由利之丞がボソリと呟《つぶや》く。水谷弥五郎も美鈴も喜七も、同じ思いであった。

雨が激しくなってきた。景色の全てが灰色に煙っている。大粒の雨が葦《あし》や蓮根《れんこん》の葉を叩く。雨音が騒々しくて、他にはなんの物音も聞き取れなかった。

卯之吉は喜七が出してくれた蠟引《ろうび》きの合羽《カッパ》を羽織り、笠を傾けつつ坂を上った。

　丘の上には荒海一家が陣取っているはずである。濡れた夏草の滑りやすさに難渋しながら、ようやく丘の上まで上りつめた。

「なんだッ、手前《てめ》ェは！」

　いきなりに怒鳴りつけられた。強面《こわもて》のヤクザ者たちが長脇差《ながどす》に反りを打たせながら詰め寄って来る。

「ああ、驚いた」

　卯之吉は、まったく驚いているようには見えない、気の抜けた声でそう言った。

　ヤクザ者たちのほうこそ驚いている。

「い、いったいなんなんだい、お前《め》ェさんたちは」

　激しい雨が視界を塞ぎ、物音を消したせいで、卯之吉たちの接近に気づかなかったらしい。

「野郎ども、集まれッ。とぼけた面《つら》つきの若旦那が来やがったぞッ」

　ヤクザ者の一人が叫んだ。この説明では何が起こったのか、まったく理解できないであろう。

それでもわらわらと集まってきたヤクザ者たちの顔を、卯之吉は順繰りに見た。

「見知った顔のお人がいらっしゃいませんねぇ」

ヤクザの一人が凄《すご》む。

「何をしに来やがった、この唐変木《とうへんぼく》！」

「えーと、荒海一家の三右衛門親分に会いに来たんですがね？」

卯之吉は首を傾《かし》げている。由利之丞が震え声で卯之吉の袖を引いた。

「変だよ若旦那。この人たちは荒海一家の子分衆じゃないよ」

ヤクザ者たちが牙を剝《む》いて睨《ね》めつけてきた。

「手前ェたちゃあ、三右衛門の身内かッ！」

懐《ふところ》に片手を突っ込む。隠し持った匕首《あいくち》を抜こうとしているのだ。

水谷弥五郎が、卯之吉と由利之丞を庇《かば》うため前に進み出る。ヤクザ者たちを睨《にら》み下ろした。

「いかにも三右衛門の身内のような者だが、お前たちは何者だ。荒海一家の名を騙《かた》る贋物《にせもの》か」

「手前ェたちの知ったことじゃねぇ！　ええいッ、面倒臭《くせ》ぇ、野郎ども、叩き殺しちまえッ」

ヤクザ者たちが一斉に匕首を抜いた。水谷弥五郎もこうなることを察していたのか、無言で抜刀した。

「ちょ、ちょっと待っておくれよ！」

由利之丞は慌てている。

そこへ、小太りの貫禄《かんろく》のある男が、特徴的なガニ股で歩み寄ってきた。

「なんだ手前ェたちは？　役人の手先か」

江戸での用心棒稼業が長い水谷弥五郎は、その男の顔を知っていた。

「お前は、青坊主ノ文六ではないか」

さらにそこへ、上半身に縄を掛けられた男が二人、駆け寄ってきた。

「八巻様！　南町の八巻様ッ！」

男のうちの一人が叫んだ。縛られた恰好《かっこう》でヨタヨタと走ってきて、由利之丞の前に跪《ひざまず》いた。

「八巻様！」

「……き、金五郎さんかいッ？」

銀八の伯父《おじ》の金五郎が、涙を流して由利之丞に訴えている。

「八巻様でございますか！　手前の村をお救いくださいッ」

金五郎の横で叫んだのは乙名《おとな》の吉左衛門だが、そっちの顔は、卯之吉たち一行は、誰も知らない。

百姓二人の訴えを聞いたヤクザ者たちがいきり立った。

「南町の八巻だとォ！」

「俺たちをとっ捕まえに来やがったのかいッ」

由利之丞は「えっ？」とか「あっ」などと声を漏らすばかりだ。

卯之吉は「ウフフ」と笑った。

「さすがは八巻様。頼りになる同心様でございますねぇ」

「こんなことになってるのに、どうして笑っていられるんだよ！」

「まぁまぁ。皆様、落ち着いてください。事を荒立てても良い事などなにもございませんから」

卯之吉は前に踏み出た。その顔つきはいつもの軽薄な薄笑いだ。余裕があるのか、無責任なのか、判別しがたい。

「なんなんでぇ、手前ェは」

青坊主ノ文六が太い眉毛をしかめた。卯之吉は白い歯を見せて笑った。

「あたしは日本橋室町の札差、三国屋の放蕩《ほうとう》息子でございまして。ああ、こんな穀潰《ごくつぶ》し、名乗るのも恥ずかしいですねぇ」

卯之吉は薄笑いを浮かべながら、周囲を見回した。丘の一角に馬が何頭か繋《つな》がれてあった。

「千住北宿から馬を盗み出したのは、あなた方だったのですねぇ。『八巻様の御《ご》下命《かめい》だ』などと大嘘をついて、八巻様と荒海一家に罪をなすりつけたうえで石川村を襲って〝柳井様による年貢米お借り上げの証拠〟を奪い取ろうという算段だったのでございますね」

青坊主ノ文六が「ぬうっ」と唸《うな》った。

卯之吉は「ウフフ」と笑って由利之丞を指差した。

「こちらにいらっしゃいます南町の八巻様は、悪事はなんでもお見通しでございますよ。ご観念なさいまし」

文六の顔が真っ青になった。激怒すると顔色が青くなる質《たち》なのだ。

「おいおい……」

震える小声で由利之丞が卯之吉の袖を引いた。

「どういうおつもりだいッ」

卯之吉は悪戯《いたずら》っ子のような顔を向けてくる。

「ちょっとした酔狂ですよ。ご覧なさいましよ、皆様のあのお顔ったら！　由利之丞のことを本物の同心様だと思い込んで、みなさん怖がっていらっしゃいますよ！　ああ笑える。面白い！」

狂言の小芝居《こしばい》で遊び仲間を騙《だま》す悪ふざけは、放蕩者たちのもっとも好むところである。

「あたしは放蕩し始めたその頃から、狂言小芝居が大好きでございましてねぇ」

放蕩遊びの延長で南町の同心を務めている。卯之吉にとっては同心の務めも悪ふざけの一種だ――ということは、由利之丞も知っていたけれど、

「これは酷《ひど》いよ！」

断りもなく悪ふざけに巻き込むな、と由利之丞は言いたかった。

相手は凶暴な俠客《きょうかく》たち。悪ふざけを笑って楽しむ度量などない。

「さぁ、八巻様！　悪党どもにお縄を掛けておやりなさいまし！」

「こん畜生《ちくしょう》ッ」

文六の罵声《ばせい》が合図となって、俠客たちが一斉に目を怒《いか》らせ、刃《やいば》をかざし、襲いかかってきた。

二

雨の中を、銀八が、およう の手を引いて駆けている。浪人者の凶悪な気配が迫っていた。

およう は青い顔で足を引きずっていた。泥水の中を走り回ったせいで、真夏だというのに凍えるように身体が冷たくなってしまった。

さらには疲労と恐怖が追い打ちをかけている。

故郷の村まで辿《たど》り着けそうにない。銀八はそう見て取った。

（寅三さんは、どうしちまったんでげすか……）

頼りとなる男の姿は見えない。浪人に返り討ちにされてしまったのか。

銀八は小さな地蔵堂を見つけた。小柄なおようならば、どうにか中に入ることができそうだ。

「おようちゃんはここに隠れてろ。浪人はオイラがなんとかする」

「銀八さん『なんとかする』って、どうするの」

「オイラは八巻様の手下だぜ。案ずるには及ばねぇさ。いいか、ここで身を休めているんだ。ちょっと休めば元気になる。そうしたら、お代官所に駆け込むんだぞ」

銀八は地蔵堂の扉を閉めた。

身を低くして走る。十分におようから離れた後で、故意に浪人の注意を惹《ひ》くために喚《わめ》きだした。

「やいっ、仁科！　おとなしくお縄を頂戴《ちょうだい》しろ！　それとも銀八親分の十手で叩きのめされてぇのか！」

十手など持たされていないけれども言い放った。

おぞましい気配が、ザワッ、ザワッ、と葦の葉を揺らしながら迫ってくる。銀八は震え上がった。

湿地の葦原をかき分けて仁科半平太がヌウッと姿を現わした。仁科も大雨に打たれつつ、飯も食わず、睡眠も取らずに追ってきた。ザンバラに乱れた髷《まげ》と、隈《くま》をつくった顔は、妖怪のようにおぞましかった。

銀八は「ヒイッ」と喉を鳴らした。

仁科が刀を抜いた。

「八巻の手下め、いざ、決着をつけようぞ！」

ズンズンッと踏み出してくる。銀八は逃げ出したかったけれども足がまったく動かない。およようを助けたいから、だけではない。極度の疲労と恐怖で身が竦《すく》んでいた。

「死ねッ」

仁科が凶刃《きょうじん》を振り上げた。

その時であった。

四方八方から石礫《いしつぶて》が飛んできて、仁科に次々と命中した。

「ムッ……！　何奴《なにやつ》ッ」

仁科が顔を庇《かば》って後退《あとじさ》る。

周囲の葦原をかき分けて、旅姿の侠客たちが飛び出してきた。

銀八は目を丸くした。

「荒海ノ親分さん！」

それは荒海一家の三右衛門と、その子分衆であったのだ。

三右衛門は激怒した顔で仁科を睨んだ。

「やいッ仁科！　話は寅三から聞いたぞ！　俺の一家に罪をなすりつけようってえ魂胆《こんたん》だったんだなッ」

荒海一家の子分たちは、十数人がかりで四方八方から石礫を投げつける。さしもの剣客もすべての礫を避けることはできない。後頭部やこめかみに礫を受けて血を流し始めた。

「ムッ、おのれッ、卑怯《ひきょう》な——！」

「卑怯はそっちじゃねぇか！ 一宿一飯の恩義も忘れた犬畜生めが！」

三右衛門の指図《さしず》でさんざんに痛めつけた後で寅三が無言で飛び出してきた。長脇差を振るって、仁科の刀を叩き落とした。

刀がガチャリと地面に落ちる。

「今だ！ 畳んじまえッ」

三右衛門が命じる。荒海一家の子分たちが「応！」と応えて突進して、殴る蹴るの暴行を振るう。さしもの人斬り浪人もついには失神してしまった。

寅三が仁科の襟首《えりくび》を掴《つか》んで上半身を引き起こした。弟分が差し出した捕り縄を使って縛りつけた。

「手間ァかけさせやがって」

そう息巻いてから立ち上がると、

「ほらよ」

と、無造作に縄尻《なわじり》を銀八に向けてきた。

「なんですかね、寅三さん？」

「お前ェは八巻ノ旦那の手下だ。銀八親分じゃねぇか。仁科はお前ェが代官所まで引っ張って行け」

「い、いやでげすなぁ。厭《いや》みでげすか」

「厭みじゃねぇよ。お前ェが仁科を柳井の屋敷から引っ張りだしてくれたお陰で、オイラたちはこうしてお縄にできたんだ。旗本屋敷に身を潜められていたんじゃあ、オイラたちには手が出せねぇからな」

　三右衛門も頷《うなず》いた。

「お前ェのお陰でな、俺たち一家が村田銕三郎にかけられた嫌疑も晴れたんだぜ。立派な手柄だ。遠慮するこたぁねぇぞ」

　銀八は、寅三に押しつけられた縄を握った。

「それにしても皆さん、都合よく駆けつけて来てくれたものですねぇ」

　寅三は呆《あき》れた。

「今、お前が大声を出したんだろうが」

「ああ、そうでしたっけ」

　仁科に向かって切った啖呵《たんか》が、遠くまで響いていたらしい。

そこへ、一家の子分の粂五郎が、およようを引き連れてやってきた。

「親分、向こうの地蔵堂で、娘っ子が震えていやしたぜ」

「銀八さん！」

およようが銀八に気づいて前に出てきた。そして縄を掛けられた仁科をみつけて息を吞んだ。

「銀八さんが、やっつけたの……？」

うろたえて返事もできない銀八の代わりに寅三が答える。寅三はおようの顔を知っている。

「そうだぜ」

「銀八さんって、強いのね」

さしもの場違い幇間《ほうかん》も、自分自身をヨイショすることはできず、顔を赤くして俯《うつむ》いた。

子分たちが仁科を引き起こした。息を吹き返した仁科は、無念そうに顔を歪《ゆが》めた。

「とおっ！」

美鈴が澄んだ美声で気合を発して流麗に剣を振り抜いた。

「ぐわっ」

青坊主一家のヤクザ者がガマガエルのような声を上げつつ弾き飛ばされた。ドサッと音を立てて濡れた夏草の上に倒れる。

美鈴は「フンッ」と鼻息を噴いた。

「ち、畜生……ッ！」

青坊主ノ文六は歯ぎしりしている。美鈴と水谷弥五郎の周囲には、峰打ちで昏《こん》倒《とう》させられた子分たちが五、六人、無様に倒れていたのであった。

「本当に美鈴様はお強いのですねぇ」

卯之吉が感心しているが、美鈴は最近、褒《ほ》められてもあまり嬉しくない。

「それよりも、どうなさるのですか、この始末は！」

青坊主一家の俠客たちは十重二十重《とえはたえ》に卯之吉たちを取り囲んでいる。美鈴と水谷弥五郎の腕前を恐れて前に踏み出しかねているけれども、美鈴も水谷も超人ではない。多勢に無勢で戦い続けていれば、いつかは不覚を取る時がくる。

卯之吉は相も変わらず薄笑いを浮かべている。

「いやぁ、あたしは何も考えていないんですけれどねぇ。……こういう時に銀八がいてくれると、上手《うま》い具合に話をつけてくれるのですが」

「銀八にそんな才覚があったか？」

　水谷弥五郎は首をひねっている。

　卯之吉は丘の麓《ふもと》に目を向けた。

「ああ、三田島様が捕り方を率いてお越しですよ。由利之丞さん、ひとっ走りして、話を伝えてきてください」

「無茶言うなよ」

　美鈴と水谷の側《そば》から離れたら、即座に襲われて殺される。

「やいっ、これを見ろ！」

　文六が金五郎の喉元に刃を突きつけた。

「刀を捨てねぇと、コイツをブッ殺すぞ！」

　由利之丞が持前の冷淡さで「フンッ」と鼻先で嘲笑《あざわら》った。

「勝手に殺せば？　こっちは痛くも痒《かゆ》くもないよ」

　文六は激昂《げっこう》した。

「おのれ八巻め！　役儀を果たすためなら、民百姓がどうなってもかまわねぇってのか！」

南町の八巻の伝説が、またひとつ増えてしまったような気がする。

卯之吉は相変わらずの薄笑いだ。

「そのお人を人質にするのは良いお考えだとあたしも思いますよ。人質を楯《たて》にして、さっさと逃げておしまいなさいまし。こちらといたしましては、あなた方を捕まえることよりも、柳井様の御領地の御年貢借用問題を片づけるほうが大事なのでございましてね」

文六が怒鳴り返す。

「札差にとっちゃあ、そうなんだろうが、八巻がオイラたちを見逃すもんかい！」

由利之丞が頭を抱える。

「ああ、面倒臭いよ！　若旦那、どうしてこのオイラが八巻様だなんて、余計な嘘をついたんだい」

水谷弥五郎が呆れている。

「最初に金五郎の前で身分を偽ったのはお前であろうが」

ザワザワと大勢が駆け寄ってくる気配がした。目を向けた由利之丞が喜色《きしょく》を満面に浮かべた。

「荒海一家だ！　今度は本物だよ！」

三右衛門を先頭にして、子分衆が駆け上ってくる。

「やいッ贋物！　よくも俺の名を騙って悪事を働きやがったな！　許せねぇッ」

鬼の形相の三右衛門が長脇差を抜いた。

青坊主ノ文六も怒鳴り返す。

「面白《おもしれ》ぇッ、八巻ともどもぶっ潰してやる！　野郎どもッ、死に狂いだッ」

青坊主ノ文六一家は命を捨てる覚悟を瞬時に固めた。そういうように見えた。

悪事が露顕してしまったからには、潔《いさぎよ》く縄についても獄門台送りだ。こうなったら暴れ回って血路《けつろ》を開き、遠国《おんごく》へ逃げるしか生き残る道はない。

「やっちまえ！」

「かかって来いッ」

侠客同士、悪罵《あくば》を吐き散らしながら斬り結ぶ。大雨の中、泥だらけになって転がり回りながらの大乱闘が始まった。

あっちでもこっちでも刃と刃がぶつかり合って火花を散らす。

「ああ……、どうしていつもいつも、こうなっちまうんでしょうかねぇ」

卯之吉が薄笑いを浮かべている。

「まるで己には責め（責任）がないと言わんばかりの顔つきだよ」

この超絶的な無責任はなんなのか。由利之丞はゲンナリとする。

「危ない！」

卯之吉に斬りかかってきたヤクザ者を美鈴が打ち払って、返す刀で瞬時に倒した。瞬《まばた》きするほどの時間もいらない。さながら人間凶器だ。由利之丞は驚く前に呆れた。

「どう見ても、危ないのは美鈴様のほうじゃないかな？」

「由利之丞、三田島殿の捕り方を呼んで参れ。捕り縄が大量に入り用だ」

水谷弥五郎が言った。乱闘の大勢《たいせい》は決しつつある。青坊主ノ文六一家の者たちの大勢が、倒されて呻《うめ》き声を上げていた。

三

青坊主ノ文六一家は、縄で数珠《じゅず》繋ぎにされ、金町《かなまち》の宿場に引かれて行った。

金町宿には江戸川を渡るための渡し場があった。関所としての役割も果たしている。金町御番所には幕府の役人が四名常駐しており、大勢の悪党を収容して詮《せん》議《ぎ》することも可能であった。

番所の建物の板敷きの部屋に、石川村の乙名の吉左衛門と、銀八の伯父の金五郎が座っている。

壁の柱には鉄製の輪がぶら下がっていた。悪党を縛りつけておくための仕掛けだ。この部屋で悪党の勾留《こうりゆう》や詮議ができるようになっている。窓は小さく、吹き込む風は生ぬるかった。

卯之吉が入っていくと吉左衛門と金五郎が、うなだれていた顔を上げた。卯之吉のことを放蕩者の若旦那だと思っているので、格別の挨拶《あいさつ》はなかった。

卯之吉はいつもの薄笑いを浮かべながら座る。

「お茶でも淹《い》れましょうかねぇ。……と思ったら、茶葉も急須《きゆうす》もございませんねぇ。銀八に取りにやらせて……と思えば銀八は詮議の最中だし、まったく困ったものですねぇ」

茶ぐらい自分で淹れればいいのだが、その手間を考えると、面倒臭くなってきた。

「ま、お茶はなくてもいいでしょう」

そういう気分になってしまう。どうにも怠惰《たいだ》な男なのだ。

乙名の吉左衛門は、恐る恐る、質《ただ》した。

「八巻様はどちらにいらっしゃるのですか」

「八巻様なら江戸に走らせ……じゃなかった、江戸にお戻りになられましたよ。なにしろ大騒動でございましたからねぇ」

卯之吉は子細を文に書き記し、由利之丞に預けて、三国屋の徳右衛門の許《もと》に走らせたのだ。

「手前の祖父の徳右衛門がこの一件を知れば、筆頭老中の本多出雲守様の御屋敷まで注進に走りまする。さすれば出雲守様のお指図で、柳井様と御領地への詮議が始まりましょう」

吉左衛門は不安を顔に張り付けている。

「手前どもの村は、どうなるのでございましょう」

「杓子定規《しやくしじようぎ》なお役人様がご詮議に入られまするると、大勢が腹を切らされたり、磔《はりつけ》にされたりするでしょう」

吉左衛門と金五郎はギョッとなった。

「なのでございますが、本多出雲守様は何事も内々に、穏便《おんびん》に事を収めようとなさる御方でございます。どなた様にも大怪我とならぬよう、上手いこと運んでくださいましょうよ」

相手の弱みを握って、自分の利益とするためなのだが、政治手腕は本物だ。愚かな政治家に筆頭老中は務まらない。良い意味でも悪い意味でも有能なのであった。

二人は安堵《あんど》の表情を浮かべた。

「なにとぞ、よろしくお口添えを願いまする」

「あいよ」

卯之吉は堂々と答えると、腰からぶら下げていた金唐革《きんからかわ》の莨入《たばこい》れを開けて煙管《キセル》を取り出した。

しかし、どこを見ても莨盆が置いていないので、仕方なく煙管だけを咥《くわ》えた。

「他のご老中様やお役人様の中には、事を荒立ててやろうというお考えの御方もいらっしゃいましょう」

この一件を膨《ふく》らませて、政争に仕立てあげ、本多出雲守を失脚させてやろうなどと企《たくら》む者が必ず出てくる。

本多出雲守は公領の治世の最高責任者だ。利権は莫大《ばくだい》だが、何事か起こった際には責めを負わされる立場でもあった。

吉左衛門の顔色が曇る。

「もしもそのような大事になりましたならば、手前どもの村にもお咎《とが》めが下りましょう」

「案じることはございませぬよ」

卯之吉は火のついていない煙管を口から離して笑った。莨を吸っているくせに真っ白な歯が綺麗《きれい》に並んで見えた。

「肝心の証拠は、ここにございますからねえ」

卯之吉は懐から懐紙を取り出して広げた。懐紙の中には、御賄《おまかない》仕法帳《しほうちよう》の一丁《ちよう》と、およう が送って寄越《よこ》した紙縒《こよ》りが挟まれてあった。

「この紙縒りを広げてみますと——」

卯之吉は紙縒りを解いた。

黒い線と白い線が何本か引いてある。

吉左衛門は覗《のぞ》きこんで首を傾げた。

「なんですかね、それは」

「米相場の値を記してあるんですよ。この×印がついているところで米が売り払われて銭に換えられたわけです。ええと……」

卯之吉は御賄仕法帳の記録と照らし合わせた。

「柳井様は石川村に命じて、籾蔵《もみぐら》の種籾《たねもみ》を百俵出させました」

「いかにも左様《さよう》です」

「その百俵は、金主《きんしゅ》の長兵衛さんが米会所で売り払いました。その時期の相場に照らし合わせると、長兵衛さんが柳井様のお屋敷に届けた金子《きんす》は、米会所の手数料をさっ引いた七十五両と一分一朱でございますねぇ」

「そんなことまでわかるのですか。さすがは札差の若旦那様でございます」

「いえいえ。あたしなんぞは役立たずの放蕩者ですよ」

卯之吉は丁をひっくり返した。

「それでまぁ、柳井様はこの七十五両と一分一朱を、次の年に御領地に戻さなければなりませぬ。借財だから当然です。その際にも長兵衛さんが関わるわけです。七十五両と一分一朱で籾を買うわけですが、米相場の値が下がっている時に買えば、売り払った百俵以上の米が買えるわけです」

米価が高い時に売り、安い時に買う。

「その差額が長兵衛さんの収入となるはずでした」

卯之吉は腕を組みつつ、火のついていない煙管を口の先で上下させた。

「ところが、ここで問題が起こった。柳井様のご当主様が急死なさったわけです。代がわりの際には、借金や借財の証文が次々と差し出されますからねぇ」

代がわりのどさくさに紛れて借金を踏み倒す武士も多いので、金を貸した側は必死で回収に走る。

回収ができなくなれば、目付《めつけ》役所に証文が持ち込まれて、幕府の裁定を仰ぐことになる。

「長兵衛さんは、借金の証拠の御賄仕法帳を柳井様のお屋敷から持ち出して隠そうとした」

吉左衛門と金五郎は顔を伏せた。

「面目《めんぼく》ございません。あっしら、村の者も、手を貸しました。柳井様に借財を踏み倒されてはかなわぬと思ったもので……」

「村の人たちとすれば必死の一念でございましたでしょう。籾米を返してもらえなければ飢え死にするお人も出てくるし、来年の田植えにも障《さわ》りが出る」

「柳井様は代がわりにつけこんで、領地替えを願い出ていたのでございます」

吉左衛門が言った。

「なるほど、年貢の借り上げのことなど知らん顔をして、別のご領地に移ってしまおうって魂胆でしたか。新たに石川村のご領主様となる御方は、柳井様の借金を肩代わりする義理などないわけでございますからねぇ」

卯之吉は「わかりました」と言って、火のついていない煙管をしまった。

「後のことは手前にお任せくださいまし」

御賄仕法帳の一丁と紙縒りも懐に入れる。

吉左衛門と金五郎は、薄笑いを浮かべた放蕩者を見上げた。

「手前どもの村は、救われるんでございましょうか」

吉左衛門が訊《き》く。

卯之吉は莨入れを下げた帯をポンと叩いた。

「万事、抜かりはございませぬよ。ウフフ」

卯之吉は出て行った。吉左衛門と金五郎は顔を見合わせた。


御番所の門から卯之吉が出てきた。相も変わらず頼りない、ヒョロヒョロとした足どりで、軽薄な薄笑いを浮かべている。

御番所の前で待っていた三右衛門が走り寄ってきた。

「青坊主一家の始末はどうつきましたかえ？」

卯之吉は「うん」と頷いた。

「御勘定奉行所のご詮議がものを言って、荒海一家の名を騙って悪行三昧《ざんまい》を働いていたってことが明らかになったよ」

「助かりやしたぜ。あのまま文六の好き勝手を許していたら、今頃はこっちが御縄を頂戴していたところだ！」

三右衛門はホッと安堵した。

三右衛門は卯之吉に向かって深々と低頭した。

「またしても、旦那に命を助けていただきやした」

「えっ、なんのことかねぇ」

卯之吉は自分が何事かを成し遂げたという自覚がない。何もしていないも同然なのだから当たり前だ。三右衛門が勝手に何かを誤解しているのである。

誤解している三右衛門は、

(恩きせがましいことは一切口になさらねぇ。度量の広さは海にも勝《まさ》る)

と、またもや勝手に感動した。

卯之吉はチラリと御番所に目を向けた。

「青坊主一家は、金五郎さんの村を襲って、柳井様のお屋敷から盗み出された御賄仕法帳を奪い返すおつもりだったそうだよ」

まさか卯之吉の手に渡っていたとは思わなかったのであろう。吉左衛門と金五郎が村に隠したはずだと決めつけて、村を焼き討ちにする算段であったのだという。

「恐ろしいねぇ」

「その件についちゃあ、旦那に、幾重《いくえ》にも詫《わ》びを入れなくちゃならねぇ……」

「どうして親分が詫びるのさ」

「ご承知のとおり、あっしの表稼業は口入れ屋でござんす。お旗本様のお屋敷にも、下女や中間《ちゅうげん》の口入れをしておりやす。人様のお屋敷に雇われ者を送り込むわけですから、絶対に間違いがあっちゃあ、ならねぇんで」

「ふむ」

「柳井様のお屋敷から件《くだん》の帳簿の、お、おまかないし……」

「御賄仕法帳」

「そいつを盗み出した野郎を、中間として送り込んだのは、あっしの店だったんでございますよ」

「盗み出したお人は、蔵の中に閉じ込められていたのだろう?」

「へい。そいつぁ金五郎の村の、又次郎ってぇ百姓でございやす。盗み出した帳面は、金主の長兵衛の手に渡りやした」

「殺されて荒川に浮かんでいたお人だね」

「殺したのは、青坊主一家でごぜぇやす。しかも、あっしらに罪をなすり付けようとして、荒海と書かれた提灯《ちょうちん》を使いやがったばかりか、証拠として置いて行きやがりやした」

「ずいぶんと仲が悪いんだねぇ。荒海一家と青坊主一家は」

「どっちもお旗本屋敷をお客としている口入れ屋。商売敵《がたき》でござんすから」

卯之吉は「ふーん」と考えた。

「柳井様は、青坊主一家を頼って、御賄仕法帳を取り戻そうとしたわけだ」

「あっしらが口入れした又次郎が盗みを働きやしたもので、あっしらのことは信用しなかったのでござんしょう」

「困ったことだねぇ。荒海一家を頼っていれば、長兵衛さんを殺すような乱暴な真似はせずに、事を収めただろうにねぇ」

「あっしのような者を信じていただけるとは、有《あ》り難《がた》い話にござんす」

「あたしのところに話を持ち込んできてくれれば、柳井様の御家名には傷がつかないように図《はか》ったものを。残念だねぇ」

三国屋の札差としての力量と財力があれば、柳井家の借財ぐらいはどうとでもなる。返済期間を長期に伸ばすなり、あるいは柳井家の借財の肩代わりを口実に柳井家の家政を壟断《ろうだん》し、旨《うま》い汁を吸い上げるなりして、首尾良い具合に収拾をつけたはずなのだ。

悪徳商人の三国屋徳右衛門の手腕があれば、大身《たいしん》旗本の借財を自分の利益に結びつけることなどわけもない。そのうえ柳井家からは感謝をされる。

一方、三右衛門は、卯之吉のことを一介の町方同心だと信じている。

(同心様のご身分でありながら、お旗本様のお勝手向きを切り回すことができるたぁ、さすがは旦那だ！　日《ひ》ノ本《もと》一の同心様だぜ！)

などとますます感服した。

ともあれ三右衛門は忸怩《じくじ》たるものを抱えている。

「あっしが旦那に、ありのままを白状してさえいれば、こんな面倒なことにはならなかったんでございやす……」

「ほう」

「あっしの店で口入れした野郎が盗みを働いた、なんてぇことが世間に知れたら、あっしの信用がなくなるだけじゃねぇ。あっしらを見込んで手下として使ってくださっている旦那のご面目にまで傷がつく。そう考えて、あっしらだけで始末をつけようと図ったんでございまさぁ」

三右衛門は深々と頭を下げた。

「とんだ浅はか者でございやす。旦那！　どうぞ、ご存分に折檻《せっかん》してやっておくんなせぇ！」

「折檻ねぇ……。そんなことをしなくちゃいけないのかねぇ」

「どうぞ、やっておくんなせぇ！　今のままじゃあっしの気が済まねぇんで！」

人を殴ったりしたら自分の手が痛くなる。痛いのは嫌だ。

「ま、それは後回しにしよう」

嫌なことはなんでも先送りにするのが卯之吉の性分だ。

「それよりも今はお江戸に急がなくちゃいけない。柳井様のお屋敷にも『青坊主一家が捕まった』という報《しら》せが届くだろう。柳井家の皆様が揃って自刃《じじん》して果てちゃったりしたら大変だからね」

三右衛門は「へいっ」と答えた。

「あっしが柳井屋敷までお送りいたしやす！　任せといておくんなせぇ。宿場の馬を盗んで走らせれば、番町まで二刻（四時間）とはかからねぇ」

「馬を盗んじゃ駄目だよ」

三右衛門は冗談を言っているのか、それとも本気なのか。

卯之吉は判断に困って、とりあえず薄笑いを浮かべた。

四

若年寄、酒井信濃守《さかいしなののかみ》の中屋敷《なかやしき》は浅草橋《あさくさばし》にある。

若年寄とは〝老中（正式には年寄）に若干《じゃっかん》足りない〟という意味で、老中の補佐役兼、見習いである。老中職に空きができ次第、昇進して老中に就任する。

つまり老中の誰かが、辞めるか、辞めさせられるかをしないかぎりは出世ができない。

ただ今の幕府で最も長期間、老中に在職しているのは本多出雲守である。幕閣の長老であると同時に首班《しゆはん》でもあった。

酒井信濃守は庭に面した座敷に座り、片手で団扇《うちわ》を使いながら、

「あの老体が消えてなくならぬかぎり、わしの出世はどうにもならぬ」

誰に言うともなく、呟いた。

酒井信濃守は新進気鋭の若手幕閣で、上様の信頼も厚いが、そういう才人だか

らこそ本多出雲守に警戒され、頭を押さえつけられている。

まさに、本多出雲守が消えないかぎり出世の目はないのだ。

酒井信濃守は顔を上げた。何者かが濡れ縁《ぬれえん》を渡ってくる。

酒井家に仕える若侍が姿を見せて、濡れ縁に両膝を揃えた。

「柳井家の用人が、ご面会を求めて参りました」

信濃守は団扇を脇に置いた。

「会う。通せ」

若侍はいったん下がり、すぐに用人を案内してきた。

柳井家の用人は、若年寄と座敷を共にすることを遠慮して、敷居を隔てた濡れ縁に正座した。

信濃守は冷たい一瞥《いちべつ》を用人に投げつけた。挨拶もせずに、斬りつけるような口調で語りだした。

「下総での一件は、評定所で詮議された。其処許《そこもと》の主殿《あるじどの》には、甲府勤番《こうふきんばん》が申しつけられることと相なった」

不機嫌を隠そうともせず、汚物を見るような目を向ける。

「辻番小屋の番士が斬られた一件は、不逞《ふてい》浪人の凶行ということで納得させた。

柳井家とはかかわりのなきこと――として処理したが、まかり間違えば柳井家の断絶もあり得たのだぞ」

用人は冷や汗を滴《したた》らせつつ、平伏しているより他にない。

信濃守の叱責《しっせき》は続く。

「柳井家の賄仕法（年貢の前借り）については、こちらで良き様に図ってくれようと考えておったのに、お前たちが性急に事を運ぼうとしたがゆえに、綻《ほころ》びが出たのだ。金主の長兵衛なる者を殺すとは、無分別にもほどがあろう」

「て、手前も、まさかそこまでの狼藉《ろうぜき》を働こうとは思いもよらず……」

「長兵衛の骸《むくろ》が見つかったことがまずかったな。南町奉行所が乗り出してきて、八巻の介入を許したのだ」

信濃守の目が怒っている。

「八巻め、いかなる手妻《てづま》を使ったかは知らぬが、たちどころにそのほうどもの借財を見抜きおったぞ」

「さ、さすがは南北町奉行所一の同心様……。本多出雲守の懐《ふところがたな》刀とお噂される御方にございまする……」

「なんじゃその当を得ぬ物言い！　わしは、八巻を褒めておるわけではない！」

用人は「ははーっ」と平伏した。

「出雲守に、我らが京で根回し（政治工作）をしていた事実を、覚《さと》られたやも知れぬ」

「本多出雲守様のご使者が柳井屋敷へご到来、借財に至った経緯につきまして、執拗《しつよう》に問い詰めて帰られましてございまする」

「柳井家は、何を喋《しゃべ》ったのだ」

用人は懐紙で額の汗をぬぐった。

「拙者の口が裂けましょうとも、何も漏らすものではございませぬ。また、当代の当主は何も与《あずか》り知らぬことでございますれば、信濃守様のお指図によるお謀《はかりごと》が漏れる心配はございませぬ」

「もう一人、密事を知る者がおろうぞ。房江刀自《とじ》だ。強情に見えても女人《にょにん》。おまけに公家の娘でもある。厳しい詮議を受ければ根負けすることも考えられる」

「我ら、急ぎ、甲府へと移りまする」

「それが良かろう。手配りは任せておけ。房江刀自は実家に帰ってもらうが良い。いかな本多出雲守といえども、京の公家の屋敷にまでは、手を伸ばすことは叶《かな》うまいぞ」

「ハハッ。屋敷に戻り次第、そのように計らいまする」

「もう良い。帰れ」

酒井信濃守は野良犬でも追い払うかのように手を振った。


酒井信濃守の政敵——本多出雲守の上屋敷《かみやしき》には、御用商人、三国屋徳右衛門の姿があった。

書院の障子が開け放たれている。庭には多くの木が植えられて、さながら里山のごとき風情《ふぜい》。油蟬《あぶらぜみ》が喧《やかま》しく鳴き声を競わせていた。

金箔《きんぱく》を張って松の絵を描かせた床ノ間を背にして、本多出雲守が座っている。いつもながらにでっぷりと肥えた姿で、季節柄、ますます暑苦しく感じられた。

不機嫌なガマガエルのような顔つきで、三国屋が集めた調書《しらべがき》に目を通している。

「柳井家の先代は、己《おの》が所領より年貢の前借りをしてまで銭を作り、その銭を朝廷のお歴々に配っておったのか」

徳右衛門はふてぶてしい笑みを浮かべながら頷いた。

「柳井様のご先代は、京都町奉行にご就任でございました。お公家様がたとの繋がりが深いお役目にございます」

「だからと申して、なにゆえ一介の役人が、賂《まいない》を以《もっ》て公家衆に取り入らねばならぬのだ」

「手前の調べたところによりますれば、お公家様がたに金子を贈っておられたのは、柳井様のご先代お一人に限りませぬ。伏見《ふしみ》奉行所や大坂町奉行所にお勤めのお旗本様がたも、お公家様がたに賂を贈っておったのでございまする」

「朝廷は、柳営《りゅうえい》（幕府）が扶持《ふち》することになっておる」

　幕府の公金が一括して公家衆に渡される。

「役人個々が、内密裏に、公家衆に私銭を渡すとは……ただならぬことぞ！」

「お公家様がたと意を通じ、朝廷のお力をもって柳営に何事かを働きかけようとする御方の差し金……。かように三国屋徳右衛門は見立てましてございまする」

「そのほうの推察、誤《あやま》ってはおるまいぞ」

　筆頭老中の本多出雲守の目を盗み、朝廷を味方につけようとした何者かがいるのである。

「おおかた、あの若造に相違あるまい」

　出雲守は腹の底から苦々しげな顔をした。

「あの若造に与《くみ》する者たちを江戸より遠ざけてくれよう！　公家衆に賂を贈った者たちは、残らず甲府に送るといたす」

甲府勤番は俗に〝山流し〟と呼ばれている。島流しならぬ山流しだ。幕府で問題を起こした旗本や御家人たちが、流刑も同然に赴任を命じられるのだ。

出雲守は、今回の一件を逆手《さかて》にとって、酒井信濃守の手足（となって働く者たち）をもぎ取ってくれようと策していた。

「重畳《ちようじよう》にございまする」

徳右衛門も笑みを浮かべた。

「しかし……。恐ろしい陰謀、巧みな金策でございましたな。表向きにはお旗本様が借金を拵《こしら》えたようにしか見えませぬ。よもや、公領の銭がお公家様の懐に流れていようとは……、この三国屋徳右衛門をもってしても、見抜けぬ悪謀でございました」

「うむ！　それをよくぞ見抜いて、朝廷工作を未然に防いだ！」

徳右衛門は「いえいえ」と顔の前で片手を振った。

「この陰謀を見抜き、悪事の証拠を集めて揃えられたのは、南町の八巻様にございまする。手前はそのお手伝いをさせていただいたに過ぎませぬ」

「八巻か！　いつもながらに天晴《あっぱ》れな手腕である！」

「八巻様がいらっしゃるかぎり、いかなる悪事も、成就することはございませぬ。八巻様は天下一の同心様にございまする！」

卯之吉は「ふわあ〜っ」と大きな欠伸を漏らした。

炎天下の下谷御成道《おなりみち》。千住宿へと通じる大道だ。炎暑の中で眠そうな顔をしていられるのは卯之吉だけであった。

「誰か、あたしのことを噂しているのかねぇ？」

町人の姿で、片手の扇《おうぎ》で風を起こしつつ、視線を左右に投げている。

お供の銀八は呆れ顔だ。

「噂をされて出るのは、くしゃみでげすよ」

「そうかね。あたしは欠伸しか出てこない」

こっちは一言も出てこないでげす――と銀八は思ったのだけれど、黙っていた。

「それじゃあ三国屋の若旦那さん、お見送りはここらまでで……」

旅姿の金五郎が笠を取って頭を下げた。

「下総にお帰りかえ。残念だねぇ。あんたの田植え踊りは評判が良かったのに」

「恐れ入りやす。ですが田植えは、吉原の畳の上よりも、在所の田圃《たんぼ》でやったほうがいいや」

「それはごもっともだ」

卯之吉は笑顔で頷いた。

金五郎は深々と低頭した。

「三国屋さんにも、えらいお力をお借りいたしました」

金五郎は卯之吉のことを三国屋の若旦那だと思い込んでいる。卯之吉も、面倒臭いので、あえて説明はしなかった。

「公領の安寧があってこそ、札差の商いができるのだからねぇ。公領での悪事を暴くのは当然のことさ」

「恐れ入りまする」

「乙名の吉左衛門さんと、蔵の中に閉じ込められていた又次郎さんは、まだご詮議があって、江戸に残らなくちゃいけない。だけれども罰を被《こうむ》るようなことにはならないだろう。安心してお二人の帰りを待つがいいよ」

金五郎の後ろにいた、おようが唇を尖《とが》らせた。

「蔵の中の幽霊の正体が、同じ村の又次郎さんだったなんて……」

「いやあ、すまんすまん」

金五郎は頭を掻《か》いた。

「折りを見てお前にも事情を話して、柳井様のお屋敷を探ってもらうべぇと思ってただよ」

「そんな恐ろしいことをさせるために、あたしを村から連れ出したなんて！」

およはほっぺたを膨らませた。

「お江戸に行けば良いことがある、とかなんとか、調子の良いことばっかり言って」

卯之吉は興味を引かれた顔つきだ。

「どんな〝良いこと〟があると言い聞かされたのですかね？」

「銀八さんに会えるとか……あっ！」

およは真っ赤になった顔を両手で押さえた。

銀八も真っ赤になっている。

卯之吉はそんな銀八を不思議そうに見ている。

「なにか言わないのかい？　大げさにすぎるヨイショとか」

「何も言えねぇでげす」

伯父の金五郎は、困ったような、嬉しいような、複雑な表情を浮かべて銀八を見た。

「お前ェには、隣村の後家《ごけ》（未亡人）から婿取りの話が来ていたんだけれども、あんな立派な働きを見せつけられたんじゃあ『田舎に戻って百姓をやれ』とは言えねぇべなぁ」

卯之吉の耳がピクッと動く。

「ほう。銀八は後家さんのところへ婿入りするはずだったのかえ」

「へい。子供を大勢抱えて、難儀《なんぎ》している後家がおりますだ」

銀八は慌てた。

「いきなりの子沢山《こだくさん》は勘弁願いてぇでげす！」

「二十町歩もの田畑《でんぱた》を持っとる大百姓だべ。婿入りすりゃあお前ェもたいした分限者《ぶげんしゃ》（資産家）だべよ」

「……ちょっとは心が動かされねぇでもないでげすが、それでも断るでげす」

「ほう？　どうして」

卯之吉がいらぬ質問をする。

銀八とおようは目を交わして、また顔を赤くした。

一行は上野のお山の下に出た。ここまでが見送りの限度だ。

「それじゃあ気をつけてお帰りよ」

「へい。若旦那も御達者で」

下総へ向かって帰ろうとした二人を、銀八が震える声で呼び止めた。

「お、およろちゃん、また江戸に奉公しに来なよ。今度は信用できる口入れ屋に頼んで、ちゃんとした奉公先を紹介してもらうから……。オイラ、口入れ屋にも伝《つて》があるんだぜ」

卯之吉は銀八を横目で見た。

「よもや、その口入れ屋ってのは、荒海一家のことかねぇ？」

おようは手を振り返している。

「銀八さんも御達者で！」

結局、「また江戸に来る」とは言わずに、夏の街道の、陽炎《かげろう》の向こうに消えていった。

「さぁて、あたしたちも戻ろうかねぇ。行くよ銀八」

「へい」

と答えたのだけれども、銀八はその場に立ち尽くして、いつまでも北の方角を見つめていた。

「おかしな銀八だねぇ。置いてゆくよ」

卯之吉は「ふふっ」と笑って歩きだした。

双葉文庫

は-20-19

大富豪同心《だいふごうどうしん》

走《はし》れ銀八《ぎんぱち》

2016年7月17日　第1刷発行

【著者】
幡大介《ばんだいすけ》

【発行者】
稲垣潔

【発行所】
株式会社双葉社
〒162-8540 東京都新宿区東五軒町3番28号
［電話］03-5261-4818(営業)　03-5261-4833(編集)
www.futabasha.co.jp
(双葉社の書籍・コミックが買えます)

【印刷所】
慶昌堂印刷株式会社

【製本所】
株式会社ダイワビーツー

【表紙・扉絵】南伸坊
【フォーマット・デザイン】日下潤一
【フォーマットデジタル印字】飯塚隆士

ISBN978-4-575-66785-1 C0193
Printed in Japan